U0542423

一禅陪你读唐诗

一禅小和尚 著

北京联合出版公司
Beijing United Publishing Co.,Ltd.

目录

第一章：人生太苦 需要一点甜

第二章：所有相遇 都是重逢

第三章：路在脚下 心在远方

第四章：世态是炎凉的 人心是温暖的

第五章：佛系人生 不必较真

第六章：坦坦荡荡 历遍风和浪

第七章：风雨人生　自己撑伞

第八章：人间三千事　淡然一笑间

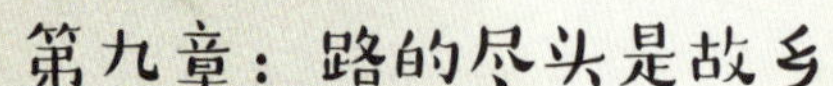

第九章：路的尽头是故乡

第十章：大唐群星

第一章

人生太苦
需要一点甜

春晓

孟浩然

春眠不觉晓，处处闻啼鸟。

夜来风雨声，花落知多少。

译文

春夜安眠不知不觉间天已亮，到处都可听闻鸟儿的啼鸣声。

昨夜隐约听到外面有风雨声，不知花儿被吹落了多少。

故事

春天到，春天到，鸟儿喳喳叫。诗人孟浩然睡眠中隐约听到风雨声，早上睁开眼才发现窗外的花被风雨吹落了不少。

孟浩然感慨道："反正也没什么事等着我去做，不如睡个回笼觉。"说完盖上被子，又呼呼大睡起来。

咏鹅

骆宾王

鹅，鹅，鹅，曲项向天歌。

白毛浮绿水，红掌拨清波。

译文

鹅，鹅，鹅，一群鹅儿伸着弯弯的脖子，向天唱歌。

白白的身体浮在碧绿的水面上，红红的脚掌划开清澈的水波。

故事

今天记者来到浙江义乌，在骆宾王家乡采访神童骆宾王。

记者：骆宾王，你好，很高兴见到你。

骆宾王：你好。

记者：你知不知道你很有名？绝大部分孩子学的第一首诗就是你的《咏鹅》。

骆宾王：可能是因为很好背诵吧！

记者：请问是什么灵感，让你写下这首诗呢？

骆宾王：我从小热爱大自然，喜欢观察。大白鹅自由自在地浮游，是多么美好的画面。此情此景，让我不由得想写诗赞美它们，于是我抓住脖子弯弯、羽毛洁白等特点开始进行描写，这才有了《咏鹅》。

天才少年骆宾王，七岁能作《咏鹅》诗。

“初唐四杰”谁不知，千古流传美名扬。

池上

白居易

小娃撑小艇，偷采白莲回。

不解藏踪迹，浮萍一道开。

注释

浮萍：水生植物，其椭圆形的叶子浮在水面上。

译文

小孩儿撑着小船，偷偷地从池塘里采了白莲回来。

他不懂得掩藏行踪，浮萍被船儿荡开，水面上留下了一条长长的水痕。

故事

莲花盛开的夏日，小孩儿撑着一条小船，在莲花之间穿梭玩耍，看见一朵白莲花开得美丽，兴奋地采下放在小船里。小船荡开水面上的浮萍，留下一道清晰的水痕。

在岸边钓鱼的白居易看了觉得有趣，故意吓唬他：“小孩儿！你家里人知道你出来玩水吗？”

小孩儿嘿嘿一笑，指向荷塘深处，只见一对青年夫妻正有说有笑地采着莲蓬，两人顶着荷叶的模样活脱脱两个大小孩，“俺爹娘比我还贪玩儿呢！”

小儿垂钓

胡令能

蓬头稚子学垂纶，侧坐莓苔草映身。

路人借问遥招手，怕得鱼惊不应人。

注释

稚子：懵懂的小孩子。

垂纶：钓鱼。纶，钓鱼用的丝线。

莓苔：青苔。

译文

头发蓬乱的小孩儿在河边学钓鱼，侧身坐在青苔上，被野草遮掩了身影。

远远听到有人问路就连忙摆了摆手，不敢回应，生怕惊动了鱼儿。

故事

小孩儿顶着乱蓬蓬的头发，坐在河边野草丛里，学着大人的样子钓鱼，大气儿不敢出地等待鱼儿上钩。

一个路人走过，正要向小孩儿问路。小孩儿连忙摆手，示意他：不要说话呀，我在钓鱼哪！

路人笑着摇摇头走开了。

钓竿微动，鱼儿上钩了！小孩儿兴奋地开始拉竿。忽然飞来一块石头，正中钓竿，鱼儿被吓跑了。

小孩儿气得跳脚，回头一看，只见那个问路的人大笑着跑开了……

绝句

杜甫

迟日江山丽，春风花草香。

泥融飞燕子，沙暖睡鸳鸯。

注释

迟日：春日。春天的白昼变长，故说迟日。

泥融：泥土湿润。

译文

沐浴在春光下的江山格外秀丽，春风里弥漫着花草的芳香。

燕子衔着湿泥飞来飞去忙筑巢，暖和的沙滩上有鸳鸯在休憩。

故事

公元 763 年，持续了八年的“安史之乱”终于得到平定。结束颠沛流离生活的杜甫回到成都的草堂闲居。

这日春光明媚，鸟语花香，诗圣的心情格外爽朗。

看着燕子在空中飞来飞去，鸳鸯睡在沙滩上，杜甫真希望这样的日子可以多一点，久一点。

“哟，老杜，晒太阳呢！”邻居大爷出来打招呼。

“是啊，俗话说蜀犬吠日，难得出太阳呀，不晒可就辜负了。”杜甫在阳光里伸了个懒腰，继续晒。

“中午吃火锅？”

“走起！”

绝句

杜甫

两个黄鹂鸣翠柳，一行白鹭上青天。

窗含西岭千秋雪，门泊东吴万里船。

注释

西岭：西岭雪山，位于四川省成都市境内。

东吴：泛指吴地，即今江苏一带。

译文

两只黄鹂在翠绿的柳枝间鸣叫，一行白鹭飞冲上蔚蓝的天空。

从窗户远望西岭千年未化的雪，万里之外东吴来的航船正停泊在门前。

故事

杜甫一生，见证了大唐最璀璨的盛世繁华，也经历了百姓流离失所的“安史之乱”。

这一年，杜甫结束了漂泊的生活，定居在成都西郊的浣花溪边，在草堂中安度晚年。每日闲看花开花落，云卷云舒。

草堂迎来了春天，杜甫看到鸟儿们欢唱的景象，心情大好。当他看到门前的航船，不禁又想起当年漂泊的时光。

杜甫淡然一笑：都过去了，那些梦想与抱负、痛苦与悲伤……

江畔独步寻花七绝句（其六）

杜甫

黄四娘家花满蹊，千朵万朵压枝低。

留连戏蝶时时舞，自在娇莺恰恰啼。

注释

黄四娘：杜甫住成都草堂时的邻居。

蹊（xī）：小路。

留连：即留恋，舍不得离去。

恰恰：象声词，形容鸟叫的声音。一说“恰恰”为唐时方言，恰好的意思。

译文

黄四娘家盛开的鲜花遮蔽了小路，被万千花朵沉甸甸地压弯的枝条低垂到地面。

嬉闹的彩蝶在花间盘旋飞舞不舍离去，自在的小黄莺发出清脆啼鸣，多么悦耳动听。

故事

杜甫住在成都西郊浣花溪旁的草堂，闲居生活乐无边。

春暖花开时节，杜甫本想与人同游赏花，未能寻到小伙伴，只好独自在锦江之畔散步赏花，写下了《江畔独步寻花七绝句》。

写完前五首，杜甫行至隔壁邻居黄四娘家。黄四娘喜欢种花，很有情调，庭院的小径上五彩斑斓，花枝低垂，置身花海中，可与蝴蝶黄莺为伴。

杜甫晒晒太阳，闻闻花香，觉得人生如此，夫复何求！

杜甫："四娘在家吗，在家吗？一起踏春去呀！"

黄四娘："杜老先生又来了，春光尽在我家，何必去他处寻呢？"

滁州西涧

韦应物

独怜幽草涧边生，上有黄鹂深树鸣。
春潮带雨晚来急，野渡无人舟自横。

滁州：今安徽滁州。
西涧：在滁州城西，俗称上马河。

译文

最喜爱溪涧边独自生长的野草，黄鹂在树荫深处啼鸣。

春天的潮水随着春雨湍急奔流，无人的野外渡口唯有一只小船自在地漂浮。

故事

唐德宗建中二年（781），韦应物出任滁州刺史。

韦应物出身于世家大族京兆韦氏，年少的时候是个典型的纨绔子弟，吃喝玩乐、横行无忌，一度是让人头疼的小霸王。他不用参加科举就以门荫入仕，本以为人生就此顺风顺水，直到经历“安史之乱”，才停止了年少轻狂的荒唐岁月，开始潜心读书学习。

写这首诗的时候，韦应物四十四岁，中年的他是一个勤政爱民的好官，时常在诗中自我反省，觉得自己做的事还不够，常常用自己的俸禄帮助受苦受难的百姓，以至于自己一贫如洗。

这天，韦应物来到滁州的野外，见到野草静静地生长在溪涧边，黄鹂婉转啼鸣于树林深处，心情格外舒畅。夜间下了春雨，日间平静的溪水大涨，奔流起来。

中年大叔韦应物突然玩性大发，不管夜黑风高春雨急，独自撑起小舟穿梭在无人的渡口，任凭雨水打在身上，只觉得快意自在！

一时间忘记了那些伤痛的过往和焦虑的当下，此时的他仿佛回到了裘马轻狂、无忧无虑的少年时光。

春夜喜雨

杜甫

好雨知时节，当春乃发生。
随风潜入夜，润物细无声。
野径云俱黑，江船火独明。
晓看红湿处，花重锦官城。

注释

红湿处：指雨水湿润的花丛。

花重（zhòng）：花沾上雨水而变得沉重。

锦官城：成都的别称。

译文

让人欢喜的好雨好似知道时节，正当春天万物生长时降下。

随着春风悄悄在夜间来到，滋润万物而又细腻无声。

雨夜乌云重重，田间小路漆黑一片，唯独江上的船只闪烁着火光。

天亮之后看到雨水打湿的花朵，整个成都变成了鲜花盛开的世界。

故事

俗话说得好：“少不入川，老不出蜀。”

成都不愧为天府之国，温柔之乡，气候宜人，风景秀丽。它抚慰了半生沧桑的杜甫，让他在这里找回了安宁。

这日夜间，杜甫走在乡间幽暗的小路上，听到春雨连绵落在大地上，看到不远处船火跃动，内心莫名喜悦。

原来这就是万物生长的样子，一切都悄无声息的，直到某个清晨来临，天地换了新颜。

“一切都会好起来的。”雨水打湿了花草，也打湿了杜甫的鞋子，杜甫的脚步却轻快起来。

月夜

刘方平

更深月色半人家，北斗阑干南斗斜。

今夜偏知春气暖，虫声新透绿窗纱。

注释

更深：夜深人静时。

阑干：纵横交错。

南斗：星名，即斗宿，有星六颗。在北斗星以南，形似斗。

译文

夜半更深，月光斜照半边庭院，北斗星纵横天际，南斗星则渐渐倾斜。

今晚才感受到春天气息的暖，虫儿的叫声初次透过绿色窗纱传了进来。

诗人刘方平是唐朝天宝年间的名士，据野史记载，他还是一位名震一时的美男子。刘方平才华横溢，却不热衷仕途，而是寄情山水、书画，风流洒脱，颇有隐士之风，这也导致了他的诗比人红。

这夜，诗人在夜里听到虫鸣，透过窗纱清晰可闻。

“春天真的来了。”

他望向窗外的夜空，“北斗阑干南斗斜”，月色正好，空气清爽。

“有虫儿在叫，好好听，好宁静。”

“明天一定阳光明媚，宜晒被子。”

“月光真美，真亮……哦，不，是初升的太阳的光。”

原来在不知不觉中，刘方平失眠了一夜。幸好他不需要上班，将失眠的心理活动写成一首清新小诗后，又心满意足地补觉去了。

咏柳

贺知章

碧玉妆成一树高，万条垂下绿丝绦。

不知细叶谁裁出，二月春风似剪刀。

注释

绦（tāo）：用丝编织的带子或绳子。

译文

碧玉般翠绿的叶装点着高耸的柳树，千万条垂下的柳枝如同绿色的丝绦。

不知这纤细精致的柳叶是谁所裁剪，正是那二月的春风犹如巧匠的剪刀。

故事

唐天宝三年（744），八十五岁高龄的贺知章告老还乡。唐玄宗亲自写诗相赠，还让皇太子率领百官为其饯行。

大半辈子背井离乡的游子，终于回到了久违的家乡——越州永兴（今浙江杭州市萧山区），回到了小时候住过的旧宅。

回到家的时候，正是二月仲春，看着柳树青翠，仿佛还是童年的模样，贺知章顿时感慨万千，写下了这首《咏柳》。

春去春会来，花谢花会再开，青春已逝去，往事如梦，老家柳树依然翠绿。

留下吧，游子。

这次回来，再也不会离开了。

风

李峤

解落三秋叶，能开二月花。

过江千尺浪，入竹万竿斜。

注释

解：助动词，能、会。

译文

它能吹落秋天的树叶，也能唤醒春天的花朵。

经过江河能卷起千尺巨浪，刮进竹林则让无数竹子斜倒。

故事

李峤文章写得好，但其为人有不少争议。有人说，他一辈子就像他所写的风一样，东西南北哪个方向都吹。他先后历仕五朝，三次担任宰相，虽然官当得很大，但没有原则和立场，哪边势力大了，他就倒向哪边。最终晚景凄凉，在历史上也留下了不好的名声。

第二章

所有相遇
都是重逢

赠汪伦

李白

李白乘舟将欲行，忽闻岸上踏歌声。

桃花潭水深千尺，不及汪伦送我情。

译文

李白坐着船即将离开，忽然听到岸上传来友人的踏歌之声。

桃花潭水纵然有千尺深，也比不上汪伦送别我时流露出的感情深厚。

故事

李白交朋友不分贫富贵贱，只有一个标准——能喝。喝得痛快，喝得豪爽，喝得快意恩仇。只要能喝到一起去，就是他的朋友。

那是一段春光明媚的日子，李白游历江湖，来到了皖南。汪伦听闻李白酒仙之名，写信邀请李白来家里痛饮三百杯，分个高下。李白欣然前往。

两人通宵达旦，谈古论今，喝得那叫一个畅快淋漓，酒逢知己，相见恨晚。

李白坐船离开的时候，汪伦唱着歌打着拍子追了过来。

李白与汪伦依依惜别："谢谢汪兄送我，但真的不能再喝了，青山不改，绿水长流，来日江湖再相逢！"

赋得古原草送别

白居易

离离原上草，一岁一枯荣。
野火烧不尽，春风吹又生。
远芳侵古道，晴翠接荒城。
又送王孙去，萋萋满别情。

注释

赋得：按科举考试规定，凡指定的试题，题目前须加“赋得”二字，类似命题作文。

离离：旺盛繁多的样子。

王孙：贵族子弟，这里指诗人的友人。

译文

郊外田原野草生机勃勃，每年枯萎之后再次繁茂。
一把把野火总也烧不尽，春风吹来重新野蛮生长。
远处的芳草侵占了古道，晴空阳光照在翠绿荒城。
此刻我送别好朋友离去，芳草萋萋饱含离别之情。

故事

白居易写这首诗的时候才十六岁。

出于种种原因，白居易少年时代过得相当艰难，为了家中生计，他拼命地读书。

在写给一生至交元稹的书信中，白居易提到苦学不息的岁月：那时候昼夜读书写诗，废寝忘食，甚至读到口舌生疮，手肘都磨出茧子，身体消瘦、形容憔悴、头发变白、牙齿掉落，眼睛看东西像是有无数飞蝇在眼前……

若是有人称呼白居易为“天才”，他肯定不高兴，哪有什么天才？他不过是把别人吃喝玩乐的时间都用在了苦学上。

他十六岁就写出《赋得古原草送别》这样的千古名诗，惊艳了当时的诗坛大佬顾况。

白居易初次拜谒顾况的时候，顾况问他：“小伙子年纪轻轻，头发怎么白了？叫什么名字呀？”

“我叫白居易。居住的居，容易的易。”

“名字不错，不过我告诉你，长安寸土寸金，想要住在长安可不容易。但是你能写出‘野火烧不尽，春风吹又生’这样的诗句，将来定能在长安立足！”

白居易在《池上篇序》中记载，他后来在洛阳的宅院“地方十七亩，屋室三之一，水五之一，竹九之一，而岛树桥道间之”，比足球场还大！

送杜少府之任蜀州

王勃

城阙辅三秦，风烟望五津。

与君离别意，同是宦游人。

海内存知己，天涯若比邻。

无为在歧路，儿女共沾巾。

注释

少府：官名，为皇室管理私财和生活事务的职能机构。

城阙：这里特指京师长安城。

三秦：指关中地区。

五津：津，在古代指的是渡口，这里泛指蜀地，即今四川。

译文

京师长安由关中三秦之地所守卫，透过风中渺渺云烟遥望蜀地的渡口。

与阁下离别心中满怀伤感与不舍，毕竟我们同样是做官漂泊在外的人。

天下虽大四海之内能够遇到知己，天涯海角路途遥遥却好像近在身边。

当送别到岔路之时不应多愁善感，如同感伤的年轻男女那般挥泪作别。

故事

王勃：阿杜啊，我送你到长安城外，有句话要交代。虽然四川离这儿非常远，不过不要担心回不来。千万不要有情绪！

阿杜：哪有什么情绪，我最喜欢吃火锅了，去四川我巴不得呢，巴适得很！

王勃：阿杜啊，虽然这个时代没有手机，但我会飞鸽传书给你，看见鸽子，记得回信！我这个知己，即便天涯海角，也会挂念你的，所以请记住，你不是孤独一个人！

阿杜：大丈夫，志在四方！走了，回来给你带火锅底料！

别董大（其一）

高适

千里黄云白日曛，北风吹雁雪纷纷。

莫愁前路无知己，天下谁人不识君？

注释

董大：指董庭兰，唐玄宗开元、天宝年间有名的音乐家，在兄弟中排行老大，故称“董大”。

曛（xūn）：黯淡无光。

译文

黄云蔽天绵延千里使太阳黯淡无光，呼啸的北风送走雁群又带来纷扬的大雪。

不要担心前路茫茫没有知己，普天之下谁不认识你呢？

故事

高适年轻的时候郁郁不得志，跑到长安求功名不得，之后一直过着耕读隐居的生活。

三十多岁参加科举，依然落第，只好又回去种田。虽然这些年他诗名越来越大，可是却没有施展抱负的舞台，大丈夫无用武之地。

他想起他的爷爷——高侃，唐高宗时代响当当的猛将，曾经生擒突厥的可汗，屡屡打败突厥与高句丽的军队，沙场悍勇，建功立业。

为何不学学自己的爷爷？高适突然开窍了，找到了人生的新方向。

公元 747 年的春天，高适与老朋友董大久别重逢、短暂相聚，却穷困潦倒到连酒钱都拿不出。

董大也很落寞，原本他是天下闻名的琴师，也是吏部尚书房琯的门客，因房琯被贬谪，他不得不随之离开长安。

相聚之时气氛有些压抑。天空中乌云密布，北风萧瑟，大雪纷飞。两个失意之人一起喝酒，杯子碰到一起，都是梦碎的声音。

不过，刚找到人生方向的高适并没有绝望悲观。

“莫愁前路无知己，天下谁人不识君？”这掷地有声的鼓励与爽朗，让董大的愁云也一扫而散。

两人分别后不久，高适迎来了人生的转折。来到边疆的他终于找到了属于自己的舞台，爷爷身上那悍勇雄武的血统在他体内燃烧复苏，屡屡建立战功。

高适咸鱼翻身，平步青云。最终受封渤海县侯，是唐朝独一无二的因军功而封侯的大诗人。

黄鹤楼送孟浩然之广陵

李白

故人西辞黄鹤楼，烟花三月下扬州。

孤帆远影碧空尽，唯见长江天际流。

译文

老朋友要在黄鹤楼与我告别远行，在那烟花般美丽的阳春三月顺江而下去扬州。

看着他乘坐的船儿渐行渐远，消失在碧蓝的天空下，唯有长江之水滚滚流向天际。

故事

李白与孟浩然第一次相见那年，李白大概二十八岁，诗名尚小，而孟浩然四十岁左右，已是声名在外。李白专程前往鹿门山谒见孟浩然，两人兴趣相投，一见如故。于是，相约来到江夏（今湖北武汉市武昌城区），游历月余。天下没有不散的筵席，孟浩然要去广陵，于是二人在黄鹤楼相别。

孟浩然要走，李白也不能留。尽管内心希望他留下来一起度过春夏秋冬，但就这样吧，在此告别吧，黄鹤楼上喝一杯，然后江湖再见。

“你要去扬州，那是个好地方，烟花三月，扬州正是人间天堂。望着你远去，我独斟独饮，一直望到看不见你的身影。”

送元二使安西

王维

渭城朝雨浥轻尘，客舍青青柳色新。

劝君更尽一杯酒，西出阳关无故人。

注释

元二：王维好友，在家排行老二。

渭城：秦代咸阳古城，在今陕西省西安市西北。

浥（yì）：润湿。

阳关：自古赴西北边疆的要道，在今甘肃省敦煌西南。

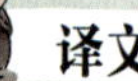

译文

渭城清晨的细雨润湿了飞尘，旅舍四周的柳树焕然一新，越发青翠。

举杯请老友再饮一杯离别之酒，向西出了阳关就再也没有朋友相伴。

故事

淋过一场晨雨之后的渭城，天气晴朗。驿馆之外，柳树依依不舍地摇晃，想留住故友，可惜分别不可避免。

元二想要前往边疆建功立业，好男儿志在四方，为国为民。王维身为好友表示支持，只是心中难舍难分。

喝完一杯，看看天色尚早。

喝完三杯，诗词歌赋聊聊。

再来一杯，祝你一切顺利。

还有一杯，望你保重身体……

客至

杜甫

舍南舍北皆春水，但见群鸥日日来。

花径不曾缘客扫，蓬门今始为君开。

盘飧市远无兼味，樽酒家贫只旧醅。

肯与邻翁相对饮，隔篱呼取尽馀杯。

注释

客至：客指崔县令。杜甫在题后自注：“喜崔明府相过。”明府，唐人对县令的称呼。相过，探望、相访。

蓬门：用蓬草编成的门户，形容房子简陋。

兼味：多种美味佳肴。无兼味，谦言菜少。

旧醅：隔年的陈酒。

馀杯：剩下来的酒。

译文

草堂南边北边都被春天的绿水环绕，只见鸥鸟日日结队飞落。

庭院小路长满花草，不曾打扫迎客，为了你我第一次打开草门。

集市遥远无法添置盘中菜肴，家境贫寒只有自酿的陈酒拿来招待。

如果愿与邻家老翁对饮，那我就隔着篱笆呼唤他来一同尽兴。

故事

这一天，有客人来草堂拜访，老杜的心情很好。

一大早起来打扫屋前屋后，看着自己居住的环境，碧水环绕，鸥鸟飞旋，自然风光何其优美，真是晒晒太阳都心情愉悦。

扫扫庭院的花径，除除丛生的杂草。今天接待客人，可要喝上几杯。

客人来了之后，老杜更开心了。

“没什么好吃的，我自己随便做了点，来尝尝！”

“没想到你写诗厉害，做菜也不错！”客人崔县令吃得津津有味。

“没什么好酒，我用这园中鲜果自酿的，来喝点！”

“酒也好喝！就是两个人喝得不够热闹啊！”

“人有啊！我马上就能请个人来。”

杜甫隔着篱笆喊：“黄大爷，喝酒不？”

只听见隔壁传来一个开心的声音：“好嘞，我带牛肉和花生米马上到！”

闻王昌龄左迁龙标遥有此寄

李白

杨花落尽子规啼，闻道龙标过五溪。

我寄愁心与明月，随君直到夜郎西。

注释

左迁：贬谪，降职。古人尊右卑左，因此把降职称为左迁。

龙标：唐代县名，在今湖南怀化市一带。

杨花：柳絮。

子规：杜鹃鸟。

五溪：武溪、巫溪、酉溪、沅溪、辰溪的总称，在今湖南省西部。

夜郎：唐代在今湖南沅陵设过夜郎县，这里指的夜郎位于今湖南省怀化市境内。

译文

柳絮落完，杜鹃啼鸣，我听说你被贬到偏远的龙标，要经过五溪。

我把我忧愁的心思寄托给明月，希望它一直陪着你到夜郎以西。

故事

听说王昌龄被贬谪，要去偏远的龙标当县尉，前去赴任的路弯弯绕绕要经过五条溪。

李白心里难过，京城又少了一个聊得来的酒友，人生何其寂寥。

老王啊，就让我老李给你献歌一首送别。

朋友啊朋友，你可曾想起我，

明月在那夜空，就像我的思念。

如果你不快活，一起对酒望月，

虽然不在身边，李白不曾走远。

江南逢李龟年

杜甫

岐王宅里寻常见，崔九堂前几度闻。

正是江南好风景，落花时节又逢君。

注释

李龟年：唐朝开元时期音乐家，被后人誉为“唐代乐圣”。

崔九：崔涤（？—726），唐朝大臣。崔家是当时第一世家大姓，崔涤在兄弟中排行第九，故称崔九。

译文

当初岐王府邸里常常见到你，在崔九家堂前几次听闻你歌唱。

如今正是江南风景最好的时候，落花纷飞的时节再次遇到你。

故事

杜甫在湖南长沙偶遇曾经的大唐歌王李龟年。

杜甫感慨寒暄："想当初经常在岐王府和崔家的筵席上见到你，没想到时过境迁还能在这里碰到。"

"历经战乱，流落他乡，如今我只能卖艺为生，好不凄凉。"李龟年黯然道。

想当年开元盛世，李龟年备受唐明皇恩宠，王孙贵族无不以现场聆听李龟年的演唱为荣。

如今经历"安史之乱"，一代歌王也只能流落天涯，辗转各地。

"你现在过得怎么样？"李龟年问。

"多病多灾，撑着一副骨头熬着罢了。"

"人生，怎么会这么无常呢……"

两人相顾无言，唯有泪千行。

送友人

李白

青山横北郭，白水绕东城。

此地一为别，孤蓬万里征。

浮云游子意，落日故人情。

挥手自兹去，萧萧班马鸣。

注释

郭：古代在城外修筑的一种外墙。

蓬：随风飘转的蓬草。常比喻漂泊无定的天涯游子。

兹：这，此。

萧萧：马的嘶叫声。

班马：离群的马。

译文

青翠山丘横亘在北边的城墙外，清澈的流水环绕着城东。

我们在此地告别，以后你就像随风飘荡的孤蓬飞往万里之外。

游子如浮云一样漂泊不定，落日依依不舍似乎也想留住你。

挥挥手各自离去，就连载我们远离的马也在嘶鸣诉说离别之情。

故事

青山流水，李白告别友人。

“我们就在此地告别吧。”李白含泪道。

“不错，承蒙李白兄好酒好菜招待，在下很感动，就此告别。”

“天下无不散的筵席，愿君前程似锦，鹏程万里。”

“谢过。”

“别过。”

马儿嘶鸣，李白和友人不知不觉又走了十里路。

“送君千里终须一别，我一不小心送了三天三夜，是时候告别了，保重！”

“多谢李白兄一路相送，真的不用再送了，再送就送到我家了。”

两人眼含热泪，场面十分感人。

第三章

路在脚下
心在远方

登鹳雀楼

王之涣

白日依山尽，黄河入海流。

欲穷千里目，更上一层楼。

注释

鹳雀楼：又名鹳鹊楼，古时因有鹳雀栖其上而得名。故址在今天山西省永济市蒲州古城西的黄河东岸。

译文

太阳依傍着连绵的群山缓缓沉落，黄河澎湃东流进入大海。

想要看到千里之外的风景，就要努力登上更高的一层楼。

故事

诗人王之涣做官的时候遭人诬陷，不得痛快，干脆放弃朝九晚五的政治生活，开始浪迹天涯。

这一天，王之涣站在鹳雀楼上，举目远眺，天地苍茫。

他不禁感慨地大喊："人生于世上，最重要的是什么？什么，什——么——"

天际的白云与黄河默默无语，山谷间回响着他的声音。

王之涣微微一笑，拾级而上，直登最高的地方。

他潇洒的背影透出两个大字：

“格局。”

望庐山瀑布

李白

日照香炉生紫烟，遥看瀑布挂前川。

飞流直下三千尺，疑是银河落九天。

注释

香炉：指庐山的南香炉峰。

前川：一作“长川”。

三千尺：形容山高。这里是夸张的说法，不是实指。

九天：天的最高处。

译文

香炉峰在阳光下升腾起紫色烟霞，远远看去瀑布好似巨大的白练悬挂在山前。

高崖上飞腾直落的瀑布好像有几千尺，让人怀疑是银河从天上泻落到人间。

故事

今天天气好呀，李白去爬山。

爬的什么山啊，九江的庐山。

庐山怎么样啊，庐山真是美。

李白边走边唱，来到庐山脚下，首先映入眼帘的就是云雾缭绕的南香炉峰。在阳光的照耀下，那些云雾渲染上了紫色，绚烂迷人，看得李白连连惊叹，美呀！再一看远处的庐山瀑布水势磅礴而下，发出震耳欲聋的水声。

“这瀑布起码有三千尺，就像那银河从九天之上落到了凡间。”

稍一沉吟，李白诗兴大发，取出笔墨开始写诗：

“飞流直下三千尺，疑是银河落九天。”

前往庐山游赏的大诗人很多，唐代就有白居易、孟浩然、张继、元稹等写诗留念，唯独李白的《望庐山瀑布》能让人们口耳相传。

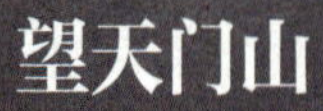

望天门山

李白

天门中断楚江开，碧水东流至此回。

两岸青山相对出，孤帆一片日边来。

注释

天门山：位于安徽省和县与芜湖市长江两岸，在北边的叫西梁山，在南边的叫东梁山（古代又称博望山）。两山隔江对峙，形同天设的门户，天门由此得名。

楚江：长江。古代长江中游地带属楚国，所以叫作楚江。

译文

长江水将天门山从中间隔开，碧绿的江水向东流经这里又回转。

两岸的青山耸立对峙，孤零零一只帆船从太阳升起的方向漂来。

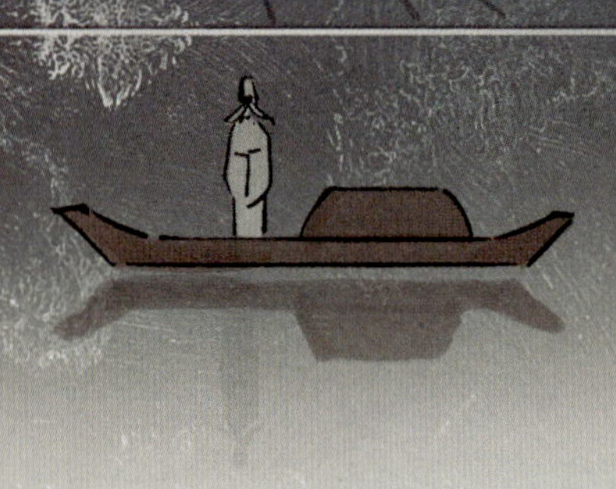

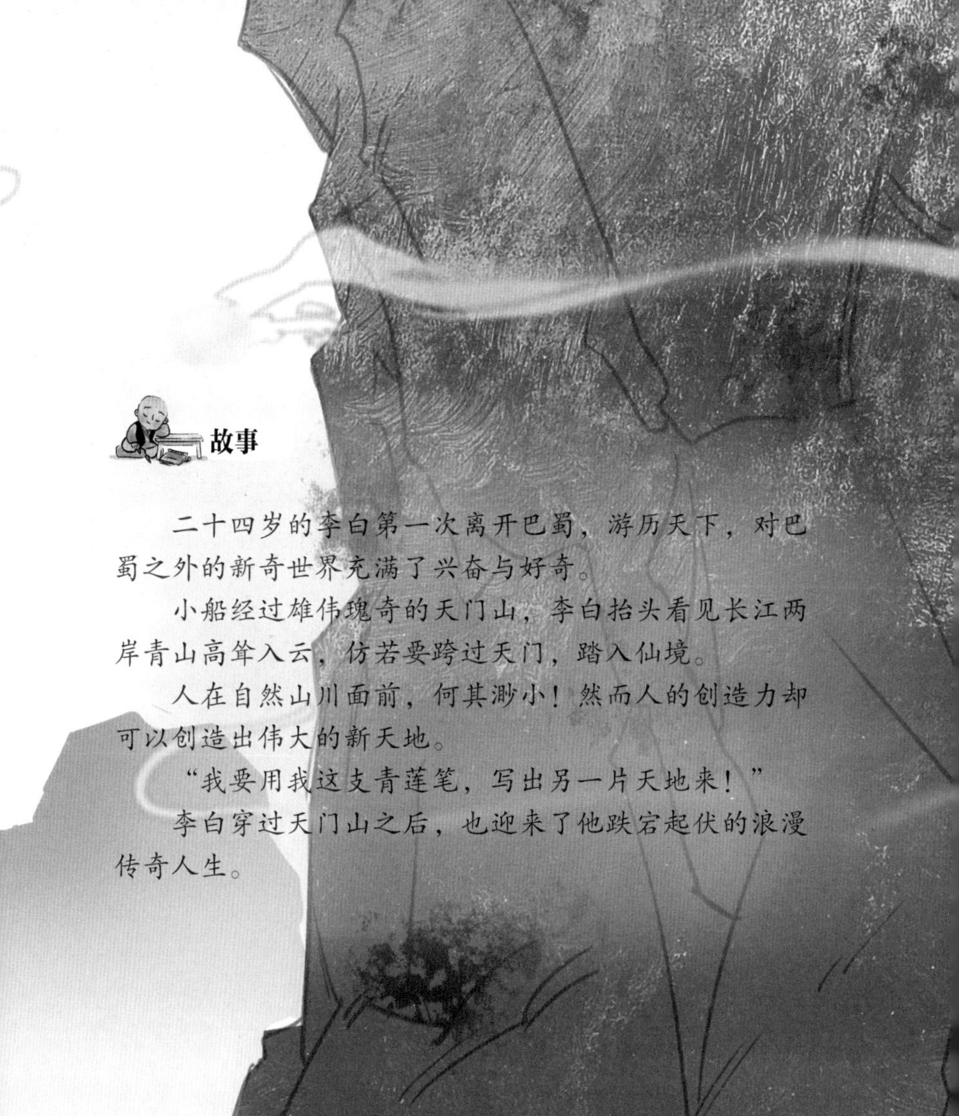

故事

二十四岁的李白第一次离开巴蜀，游历天下，对巴蜀之外的新奇世界充满了兴奋与好奇。

小船经过雄伟瑰奇的天门山，李白抬头看见长江两岸青山高耸入云，仿若要跨过天门，踏入仙境。

人在自然山川面前，何其渺小！然而人的创造力却可以创造出伟大的新天地。

“我要用我这支青莲笔，写出另一片天地来！”

李白穿过天门山之后，也迎来了他跌宕起伏的浪漫传奇人生。

峨眉山月歌

李白

峨眉山月半轮秋，影入平羌江水流。

夜发清溪向三峡，思君不见下渝州。

注释

平羌：青衣江，在峨眉山东北。

清溪：指清溪驿，属四川犍为，在峨眉山附近。

渝州：治所在巴县，今重庆一带。

译文

峨眉山上半轮秋月悬挂在山头，月影倒映在青衣江上，江水不断地向东流。

夜里出发坐船离开清溪去三峡，想念却见不到你，只能顺流而下去渝州。

李白年少的时候一直住在蜀中，没事就爱去爬峨眉山。如今要离开四川漫游天下，最依依不舍的也是峨眉山。

夜里坐船下三峡，半轮明月挂峨眉。

李白感叹："大丈夫，走四方，待我功成名就时，再回峨眉登高峰！"

早发白帝城

李白

朝辞白帝彩云间，千里江陵一日还。

两岸猿声啼不住，轻舟已过万重山。

注释

白帝城：西汉末年公孙述据蜀，在山上筑城，因城中一井常冒白气，宛如白龙，便借此自号“白帝”，并名此城为白帝城。故址在今重庆市奉节县白帝山上。

彩云间：白帝城位于白帝山上，地势很高，远远看去仿佛彩云环绕。

江陵：今湖北省荆州市。从白帝城到江陵约一千二百里。

译文

清早离开彩云环绕的白帝城，一天就可到达千里之外的江陵。

长江两岸的猿猴止不住地叫，轻快的小船已经穿过无数重山。

故事

李白很不痛快。

此时，他正在流放夜郎的路上，没想到快退休的时候还会因为卷入皇族兄弟的权力斗争而倒霉。

夜郎，偏远弹丸之地，难道自己注定客死他乡，落得凄凉？

李白一路上郁郁寡欢，向来喜欢游山玩水的他没心情赏风景了。

世事难预料啊！谁知到了白帝城歇脚，屁股还没坐热，忽然收到朝廷赦免他的消息。反复确认之后，李白惊喜若狂：天不弃我！

回去喽！李白归心似箭，赶紧从白帝城出发返程，顺着湍急的江水一路而下，一天不到就来到了距白帝城千里之外的江陵。

漫漫来时路，没想到回去时一帆风顺。李白诗兴又回来了，兴奋提笔。

人生大起大落来得太快，好不快意！

黄鹤楼

崔颢

昔人已乘黄鹤去，此地空余黄鹤楼。

黄鹤一去不复返，白云千载空悠悠。

晴川历历汉阳树，芳草萋萋鹦鹉洲。

日暮乡关何处是？烟波江上使人愁。

注释

黄鹤楼：黄鹤楼因其所在之地武昌黄鹤山而得名，传说古代仙人子安乘黄鹤过此。

汉阳：地名，与黄鹤楼隔江相望。

萋萋：形容草木长得茂盛。

鹦鹉洲：地名，原在武汉市武昌城外江中。《后汉书》记载，汉黄祖担任江夏太守时，在此大宴宾客，有人献上鹦鹉，故称鹦鹉洲。

译文

曾经的仙人已乘坐黄鹤离去，这里只剩下空荡的黄鹤楼。

黄鹤一去之后再也没有回来，只有白云悠悠千年依然在。

阳光普照汉阳树木清晰可见，芳草郁郁苍苍长在鹦鹉洲。

暮色来临时彷徨何处是家乡？烟波浩渺的江水让人忧愁。

故事

崔颢来到黄鹤楼，想起昔日的仙人。据说仙人乘着黄鹤来到此处，又飘飘然飞走。

“世间谁人无忧？唯有神仙。唯有神仙，不因功名利禄奔走辛苦，真让我等凡人羡慕。”

崔颢回头看到烟波浩渺的江水，又思念起远方的家乡。

“算了，成了永生的神仙，就再也不会因生命的短暂而珍惜眼前的亲人、爱人、友人。我能放得下功名利禄，但放不下这份思念啊。”

枫桥夜泊

张继

月落乌啼霜满天，江枫渔火对愁眠。

姑苏城外寒山寺，夜半钟声到客船。

译文

月亮落下乌鸦叫，冰霜漫天遍地，江岸的枫树与渔船的灯火，伴随着难以入眠的我。

姑苏城外有一座寒山寺，夜半时分敲响的钟声传到了我所在的客船上。

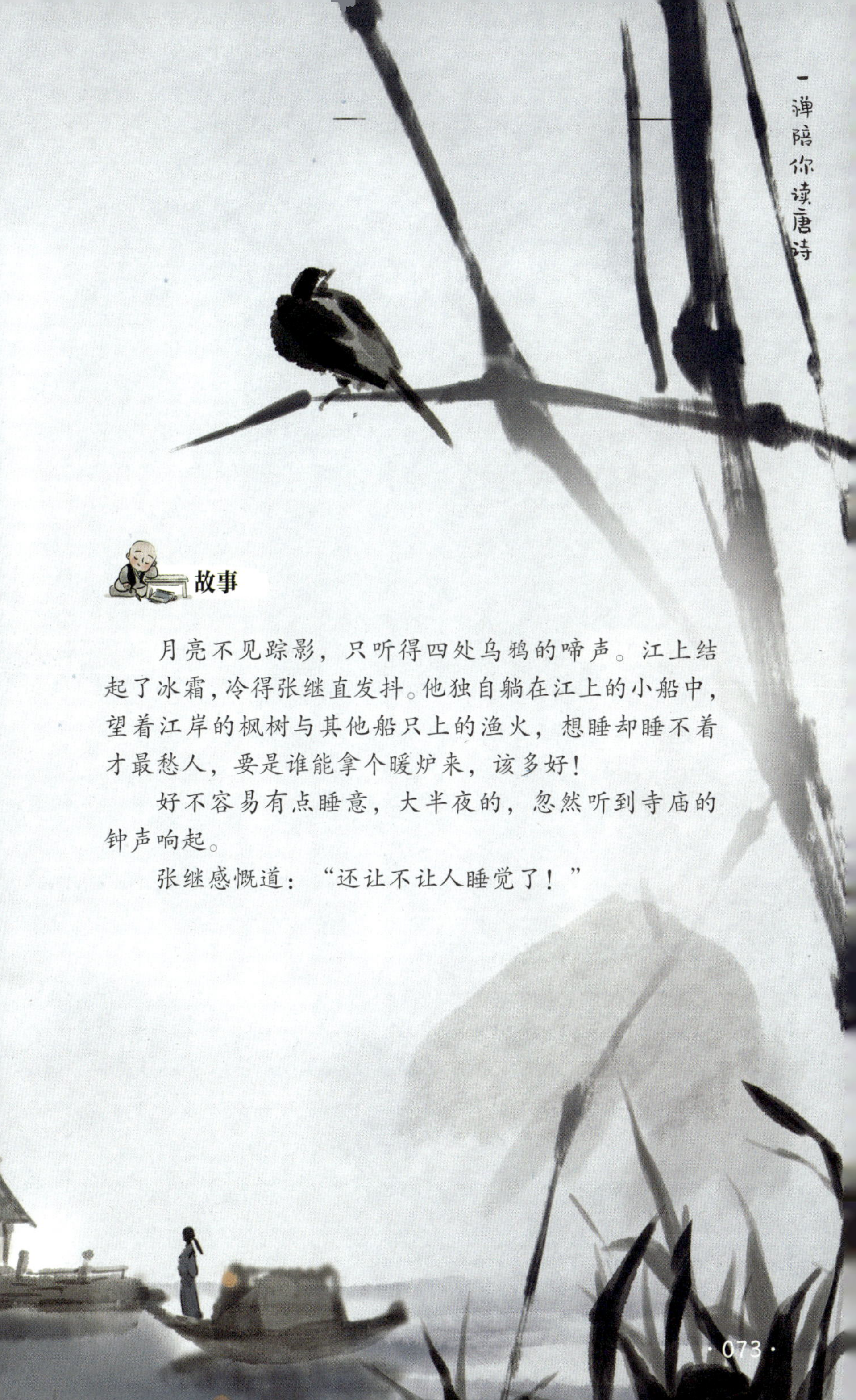

故事

月亮不见踪影，只听得四处乌鸦的啼声。江上结起了冰霜，冷得张继直发抖。他独自躺在江上的小船中，望着江岸的枫树与其他船只上的渔火，想睡却睡不着才最愁人，要是谁能拿个暖炉来，该多好！

好不容易有点睡意，大半夜的，忽然听到寺庙的钟声响起。

张继感慨道："还让不让人睡觉了！"

望洞庭

刘禹锡

湖光秋月两相和，潭面无风镜未磨。
遥望洞庭山水翠，白银盘里一青螺。

洞庭湖的水光与秋夜的月色交融应和，水面无风无浪，如同未打磨的镜子。

远远地眺望洞庭湖边上青翠碧绿的山，好似洁白的银盘里放了一颗青螺。

唐穆宗长庆四年（824）秋，刘禹锡赴和州任刺史，途中经过洞庭湖，欣赏湖光山色，有感而发，写下这首诗。

刘禹锡年少成名，起初仕途还算顺利，与柳宗元

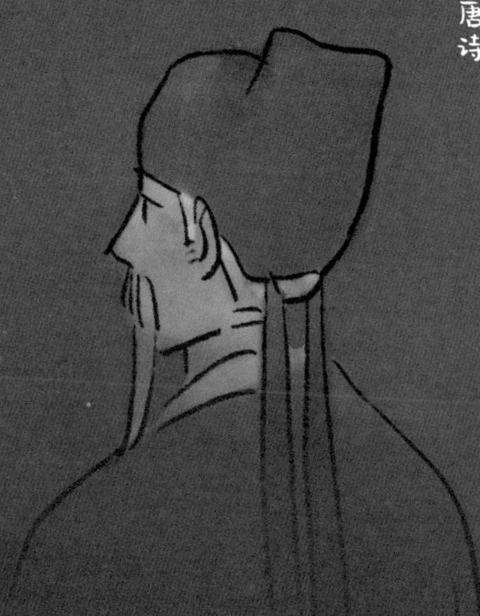

同榜进士及第后一路稳稳当当，直到参与“永贞革新”，得罪了不少权贵，此后一直被贬到僻远之地，直到晚年才好过些。

这次前往和州赴任，经历半生风雨蹉跎的刘禹锡心态很好，既来之，则安之，达则兼济天下，穷则独善其身。无论去哪里，能欣赏祖国的大好河山，不也是人生乐事吗？

登岳阳楼

杜甫

昔闻洞庭水，今上岳阳楼。

吴楚东南坼，乾坤日夜浮。

亲朋无一字，老病有孤舟。

戎马关山北，凭轩涕泗流。

注释

岳阳楼：岳阳城西门楼，在湖南省岳阳市，下临洞庭湖，是著名的游览胜地。

坼（chè）：分裂。

乾坤：指日月。

关山北：北方边境。

凭轩：靠着窗户。

涕泗（sì）流：眼泪鼻涕禁不住地流淌。

译文

早已耳闻洞庭湖盛名，今日总算登上湖边岳阳楼。
吴楚两地被湖水分隔，仿佛乾坤日夜在湖中浮动。
亲朋老友都失去音信，老迈多病的我只有孤舟相伴。
关山以北战争不息，我靠窗眺望家国泪水不住地流。

故事

唐代宗大历三年（768），杜甫五十六岁。

日子越来越艰难，身体状况越来越差，晚年的诗圣在贫病交加中煎熬度日。

即便如此，他还是对祖国的名胜古迹充满向往。既然经过岳阳，就算撑着病体依然要去登岳阳楼。看着风景壮丽的洞庭湖，想到自己老无所依、家国多难，悲从中来。

“我老杜这一辈子，真是够辛苦的，如果有来生，我想当一棵树，静观这世事沉浮，不悲不喜，无惧无忧。”

渡荆门送别

李白

渡远荆门外，来从楚国游。

山随平野尽，江入大荒流。

月下飞天镜，云生结海楼。

仍怜故乡水，万里送行舟。

注释

荆门：山名，位于今湖北省宜都县西北长江南岸，与北岸虎牙山对峙，地势险要，自古即有楚蜀咽喉之称。

楚国：楚地，指今湖北一带，春秋时期属楚国。

大荒：辽远无际的原野。

海楼：海市蜃楼。

译文

我千里迢迢远渡长江来到荆门山外边，就是为了来战国时期的楚国之地。

一座座山峰随着平原的出现渐渐消失，长江之水在无垠的荒野上奔流不息。

月亮之下的水面如同天上掉落的镜子，云雾迷蒙的天空生出海市蜃楼的风景。

我仍然喜欢来自故乡的水，是它奔流不息地陪伴着我万里行舟。

故事

青年李白第一次离开家乡四川，遨游天下，这天来到了古代楚蜀交界处的荆门山。

长江流过荆门，流速减缓。到了晚上，江面平静，月亮在水中的倒影，好像天上飞来的一面明镜；日间云起之时，出现了海市蜃楼般的奇景。李白看到此情此景，灵感迸发，几笔就写下千古佳句：山随平野尽，江入大荒流。

李白：“真是好诗，一到驿站就寄给家乡父老一同欣赏！好像对离开家表现得太兴奋了……那我再加一句——如同故乡水恋恋不舍地送我行舟万里一样，无论外面的风景有多美，我都怀念家乡的一山一水！”

蜀道难

李白

噫吁嚱，危乎高哉！

蜀道之难，难于上青天！

蚕丛及鱼凫，开国何茫然！

尔来四万八千岁，不与秦塞通人烟。

西当太白有鸟道，可以横绝峨眉巅。

地崩山摧壮士死，然后天梯石栈相钩连。

上有六龙回日之高标，下有冲波逆折之回川。

黄鹤之飞尚不得过，猿猱欲度愁攀援。

青泥何盘盘，百步九折萦岩峦。

扪参历井仰胁息，以手抚膺坐长叹。

问君西游何时还？畏途巉岩不可攀。

但见悲鸟号古木，雄飞雌从绕林间。

又闻子规啼夜月，愁空山。

蜀道之难，难于上青天，使人听此凋朱颜！

连峰去天不盈尺，枯松倒挂倚绝壁。

飞湍瀑流争喧豗，砯崖转石万壑雷。

其险也如此，嗟尔远道之人胡为乎来哉！

剑阁峥嵘而崔嵬，一夫当关，万夫莫开。

所守或匪亲，化为狼与豺。

朝避猛虎，夕避长蛇，磨牙吮血，杀人如麻。

锦城虽云乐，不如早还家。

蜀道之难，难于上青天，侧身西望长咨嗟！

注释

《蜀道难》：乐府《瑟调曲》名。南朝梁简文帝、刘孝威等均有此作，唐李白所作尤有名，因四川对外交通的道路难行，故称“蜀道难”。

噫吁嚱：蜀地方言，表示惊讶感叹的语气。

蚕丛、鱼凫：传说中古蜀国的两位帝王。

尔来：从那时以来。

秦塞：秦的关塞，指秦地。

太白：太白山，又名太乙山，在长安西（今陕西眉县、太白县一带）。

鸟道：只有鸟能飞过的路。

高标：指蜀山中可作地标的最高峰。

冲波：指激流波涛汹涌。

逆折：水流回旋倒流。

猿猱（náo）：蜀山中擅长攀爬的猿猴。

青泥：青泥岭，在今甘肃徽县南，陕西略阳县北。

盘盘：曲折盘旋的样子。

扪参（shēn）历井：参、井是二星宿名。古人把天上的星宿分别指配于地上的州国，叫作“分野”，以便通过观察天象来占卜地上所指配州国的吉凶。参星为蜀之分野，井星为秦之分野。扪：用手摸。

胁息：屏气不敢呼吸。

膺：胸。

巉（chán）岩：险峻陡峭的山壁。

飞湍（tuān）：飞奔而下的急流。

喧豗（huī）：喧闹声。

砯（pīng）崖：水流冲击悬崖。

壑：山谷。

嗟：感叹声。

剑阁：又名剑门关，在四川剑阁县北，是大、小剑山之间的一条栈道，长三十余里。

峥嵘、崔嵬：都是形容山势高大雄峻的样子。

锦城：成都的别名，亦称锦官城。

咨嗟：叹息。

译文

哎哟！真是太高了！蜀道攀登起来比上青天还难！

传说中蚕丛和鱼凫建立了蜀国，开国年代久远已茫然难以追寻！

估计有四万八千年了吧，秦国和蜀国之间因秦岭阻拦一直无人往返沟通。

西边的太白山只有鸟才能飞过，可以一直通往峨眉山的山巅。

自从山崩地裂牺牲了开辟道路的壮士，秦蜀两地才有天梯与栈道相通。

蜀国上方有挡住太阳神六龙车的山峰，下方有波涛汹涌的曲折大河。

擅长高飞的黄鹤尚且飞不过去，即便是猿猴也苦于没法攀爬。

青泥岭的路弯弯绕绕让人头晕，每走个百步就要绕山峦来回九次。

屏住呼吸仰视夜空仿佛可以触碰参星和井星，用手抚摸胸口感到惊心动魄，不由得长叹不已。

想问问阁下，往西出游何时能够回来？蜀道是如此巍峨险峻，实在无法去攀登！

只见那边悲伤的鸟儿在古树上哀号，雄鸟雌鸟紧紧相随绕着密林飞翔。

又听见杜鹃鸟在月夜悲苦的啼鸣声，在山间回荡的叫声令人愁苦不安。

攀爬蜀道简直比上青天还难，让人一听到这事脸色都突变泄气！

山峰紧相连离天空仿佛不到一尺，枯萎的老松倒挂在悬崖峭壁。

飞泻的流水瀑布争先恐后喧腾咆哮，冲击着悬崖，巨石滚动如山谷响雷。

看着这样危险的地方，不禁感叹远道而来的人，你们为什么要来呢？

剑阁作为天然要塞突兀又高耸，只要一人把守通道就能挡住千军万马。

如果守在这里的人不是皇家近亲，难免会成为豺狼独占一方作乱。

每天早晚都要躲避猛虎和长蛇，这些猛兽磨牙吮血，杀人如麻。

锦官城虽说是个快乐的地方，不过路途如此险恶不如早点回家。

过蜀道有多么难？比上青天还难，侧身向西眺望不禁感慨长叹！

故事

李白的朋友王炎要去蜀地，向李白打听："你们蜀中怎么样啊？"

李白皱眉道："你说你去哪儿不好，何必去蜀中呢！"

"怎么了，蜀中不好吗？"

"不是蜀中不好，是去蜀中的路太难走，难于上青天！"

"这世上哪有好走的路，不努力怎么行？！我坚信，我可以！"

"你鸡汤喝多了吧……珍惜生命，远离蜀道啊。"

"蜀道有多难，你倒是说一说。"

"为了劝你别去，我写了一首诗。你看完还想去，那我就舍命陪君子。"

王炎看完《蜀道难》，久久不说话，脸色铁青。

李白微笑着问他："怎么样，你还想去吗？"

"我们这个年代，旅个游怎么这么难！"

旅游好难……
还想去耍吗？

钱塘湖春行

白居易

孤山寺北贾亭西，水面初平云脚低。
几处早莺争暖树，谁家新燕啄春泥。
乱花渐欲迷人眼，浅草才能没马蹄。
最爱湖东行不足，绿杨阴里白沙堤。

注释

钱塘湖：杭州西湖。

孤山寺：位于杭州西湖边，南朝陈文帝天嘉元年（560年）建塔开山创建，亦名永福寺。

贾亭：又叫贾公亭。

白沙堤：白堤，又称沙堤、断桥堤，在西湖东畔。

译文

眺望孤山寺的北面一直到贾亭的西面，春天湖水初涨与堤齐平，同低垂的白云连成一片。

几只早出的黄莺争抢着向阳温暖的树木栖息，不知谁家的燕子在啄春泥筑巢。

缤纷花朵渐渐迷花游人的眼睛，浅浅的青草刚好可以遮没马蹄。

最爱西湖东面的风景，怎么看都看不厌，在碧绿的杨柳树荫中穿过一条白沙堤。

故事

白居易五十岁那年，做了杭州市长（刺史）。

上有天堂，下有苏杭。

与自古的文人墨客一样，他也很喜欢西湖美景，在任内有修筑西湖堤防、疏浚六井等政绩。

西湖边上走一走，水天一色真是美。风景怎么看都看不够，写下诗句千古留。

有人问:“白乐天,白沙堤是不是因为你而叫白堤啊？”

白居易笑道：“这纯粹只是巧合，我来之前早就有白沙堤了。”

第四章

世态是炎凉的
人心是温暖的

登幽州台歌

陈子昂

前不见古人，后不见来者。

念天地之悠悠，独怆然而涕下！

注释

幽州：古十二州之一，治所在今北京市。幽州台即黄金台，又称蓟北楼，是燕昭王为招纳天下贤士而建。

怆（chuàng）然：悲伤凄恻的样子。

涕：古时指眼泪。

译文

向前追溯见不到从前的贤君，向后遥望看不见后世的明主。

想到天地空旷无边无际，我忍不住孤独悲伤到泪流！

故事

武则天万岁通天元年（696），边境遭到入侵。武则天派出侄子武攸宜率军征讨，当时陈子昂在武攸宜的幕府担任参谋，随军出征。

武攸宜打仗不行，轻率冒进，打了败仗，军情危急。陈子昂几次进言都不被武攸宜接受，反而被降职。陈子昂又请求带兵主动出击，依然被武攸宜拒绝。

“你区区一介书生，算了吧。”

次年，朝廷兵败。陈子昂经过蓟北楼，感慨悲愤。登楼远眺，写下《登幽州台歌》。

“人世间最痛苦的事，莫过于你想做大事，但领导不给力。进退不得，难受，想哭。”

江南春

杜牧

千里莺啼绿映红，水村山郭酒旗风。

南朝四百八十寺，多少楼台烟雨中。

注释

郭：城郭。这里指城镇。

南朝：东晋之后、隋朝之前长江以南的汉人政权。

四百八十寺：虚指，南朝时期信奉佛教，广建寺院。

译文

江南千里莺歌燕啼山红柳绿，水边村庄上下城郭到处飘扬酒旗。

南朝时期留下的许多古寺，如今有多少笼罩在这烟雨之中呢？

故事

《唐才子传》中记载：牧美容姿，好歌舞，风情颇张，不能自遏。

杜牧这个人，按现在的话说，是个腹有诗书气自华、潇洒不羁风流倜傥的贵公子。

杜牧出身名门望族，又才华横溢，除了有点怀才不遇外没吃过什么苦。自从到了江南，他就放飞了自我，流连于江南的美景、美人。

但是，当看到江南的人们像南朝时期的士族一般，只顾享乐，无意改变晚唐时局，沉浸在一种颓靡放纵的自我麻醉中，杜牧又感到心惊和忧虑。

南朝统治者建了几百座寺庙祈祷平安，却没有让南朝免于覆灭。富丽堂皇的楼台在江南烟雨里朦胧秀美，却也让人触景伤情啊！

泊秦淮

杜牧

烟笼寒水月笼沙，夜泊秦淮近酒家。

商女不知亡国恨，隔江犹唱后庭花。

注释

秦淮：秦淮河，长江下游右岸支流。

商女：卖唱的歌女。

后庭花：南朝陈叔宝所作歌曲《玉树后庭花》的简称，代表亡国之音。

译文

浩渺寒江之上弥漫着迷蒙的烟雾，皓月的清辉洒在白色沙渚之上。入夜，我将小舟泊在秦淮河畔，邻近酒家。

金陵歌女似乎不知何为亡国之恨、黍离之悲，依然在对岸吟唱着淫靡之曲《玉树后庭花》。

故事

杜牧所处的年代，已是危机四伏的晚唐时期。此时，大唐已内忧外患，摇摇欲坠。

这天，杜牧在秦淮河上乘船夜游，看到秦淮河两岸灯红酒绿，歌舞升平，宴乐隔江传来。杜牧听出，这是陈后主所作的《玉树后庭花》，心中一紧。

陈后主生活奢侈，不问政事，喜爱艳词。陈灭亡的时候，他正在宫中与爱姬及众人玩乐，唱的就是这首曲子。

“玉树后庭花，花开不复久。”没想到以大唐如今的局势，居然还有人有兴致演奏这不祥的亡国之音。杜牧一向喜欢玩乐，但此时再也提不起兴趣，只觉讽刺和忧伤。

真正没有意识到这首歌所代表的国家危机的，是卖唱为生的歌女，还是那些沉迷享受、醉生梦死的达官贵人呢？

石壕吏

杜甫

暮投石壕村，有吏夜捉人。
老翁逾墙走，老妇出门看。
吏呼一何怒！妇啼一何苦！
听妇前致词，三男邺城戍。
一男附书至，二男新战死。
存者且偷生，死者长已矣。
室中更无人，惟有乳下孙。
有孙母未去，出入无完裙。
老妪力虽衰，请从吏夜归，
急应河阳役，犹得备晨炊。
夜久语声绝，如闻泣幽咽。
天明登前途，独与老翁别。

注释

邺城：相州，在今河南安阳。
老妪（yù）：老妇人。

译文

一天傍晚，我投宿在石壕村一户人家。夜半时分，忽然听闻有公差前来捉人。

这家的老翁赶紧翻墙逃跑，留下老妇开门接受询问。

公差吆五喝六怒气冲冲，老妇哭哭啼啼悲苦辛酸。

我听见老妇哭诉，自己有三个儿子都戍守在邺城。

一个儿子捎信回来说，另外两个儿子最近都已战死沙场。

还活着的人尚要苟且偷生，已经死去的人只能长眠地下了。

我家里已经没有男人了，只剩下还在吃奶的小孙子。

正因为孙子要吃奶，他妈妈才没有改嫁离开，穷得出门都没有一件完整的衣服。

我这个老太婆虽然年老力衰，不过还是让我跟你们走吧。

我现在就前往河阳战场服役，还赶得及给军队做早饭。

夜色越来越深，说话声也渐渐没了，只是若有似无地听到偷偷哽咽的声音。

天亮之后我继续赶路，只能与留下来的老翁告别了。

唐肃宗乾元二年春（759），发动“安史之乱”的安禄山已被刺死，然而叛乱尚未结束。杜甫离开洛阳，前往华州赴任，夜晚投宿的石壕村，正处于郭子仪大将驻守的河阳附近。此时为了对付叛军，官兵们正在四处抓壮丁。

杜甫投宿的这户人家只有四口人，一对年迈的夫妇、他们的儿媳妇以及尚在襁褓中的小孙儿。他们虽然穷困，却很善良，热心接待了杜甫。

夜里，杜甫想起叛乱未定，国家尚且处于危难之中，忧愁使他难以入眠。这时忽然响起急促的敲门声，打破了夜晚的平静。

杜甫起身，看到老爷爷慌张地跳墙逃了出去。老婆婆则颤抖着开了门。门口是一群面色冷峻的官差，大声呵斥道：“你家的男人呢？都给我出来！”

老婆婆悲伤地回答：“我有三个儿子，全被征兵去了邺城打仗。不久前接到一个儿子的信，说他两个兄弟

都已经战死。家里只剩下我儿媳妇和小孙子，要不是因为孩子要吃奶，儿媳妇也不会留在这儿。家里已经吃不上饭，穿不起衣了。老太婆我年纪大了没啥力气，不过我可以跟你们去河阳给官军做做饭，带我走吧……”

听完老婆婆的凄惨遭遇，官差不为所动，甚至有些不耐烦。

“走走走，赶紧跟我们走！”

说完就把老婆婆带走了。

杜甫眼睁睁地看着这一出人间悲剧，心如刀割却无能为力。

夜更深了。隐约中，杜甫听到有人抽泣哽咽的声音。

也许，是老人家的儿媳妇。

也许，是自己。

羌村三首（其三）

杜甫

群鸡正乱叫，客至鸡斗争。
驱鸡上树木，始闻叩柴荆。
父老四五人，问我久远行。
手中各有携，倾榼浊复清。
莫辞酒味薄，黍地无人耕。
兵戈既未息，儿童尽东征。
请为父老歌，艰难愧深情。
歌罢仰天叹，四座泪纵横。

柴荆：柴门。
榼（kē）：酒器。
浊、清：指酒的颜色。

译文

成群结队的鸡正在乱叫，客人来的时候，这些鸡还在争斗。

于是驱赶鸡群到树木上，这时才听到有人敲柴门的声音。

四五位村里的长者，来慰问我远行很久一路可还好。

他们的手里各自拿着礼物，为我倒上或清或浊的酒。

向我解释：不要嫌弃酒淡，没人耕种，所以缺少粮食酿酒。

世道乱，战争至今没有停息，村里的年轻人都被抓去充壮丁了。

我自请为父老唱首歌，感谢他们在艰难日子里慰问我的好意。

唱完歌我忍不住仰天叹息，在座的客人无一不热泪纵横。

故事

这一年，“安史之乱”爆发已三年。唐玄宗灰溜溜地逃到蜀中，放弃了长安，任由安禄山烧杀抢掠。

太子李亨分兵北上，登基为唐肃宗。杜甫想要投奔唐肃宗，途中不幸为叛军俘虏，困在长安大半年。直到郭子仪镇压叛乱的大军到来，杜甫才找到时机，冒险逃出长安，从荒草丛生的小路投奔肃宗。

“今夏草木长，脱身得西走。麻鞋见天子，衣袖露两肘。”杜甫投奔肃宗的过程凶险万分，等他见到肃宗，已经衣衫褴褛。肃宗让他做了左拾遗的官。

杜甫为人正直厚道，不太圆滑，他的好朋友房琯当时在唐肃宗那里做宰相，很受信任。有了皇帝的信任，房琯膨胀了，心态飘了，本是管理经济政务的能臣，非要主动跟皇帝申请带兵打仗，决心收复长安。唐肃宗也是心大，真让这个毫无打仗经验的书生去了。

结果不言而喻，房琯大败而归，损失了四万多人马。唐肃宗气得肝疼，罢黜了房琯。于公于私，唐肃宗不杀他都已经算是仁慈了。可是杜甫就一根筋，觉得好朋友有危险，自己必须为他说好话，结果唐肃宗更生气了，让杜甫从眼前消失。

杜甫回到了自己在鄜州羌村（在今陕西富县）暂时居住的家。这次回来，村里人倒是热情，虽然没有好酒好菜，他们还是尽力招待杜甫。

杜甫跟乡亲们闲聊，知道这些日子大家过得都不好，村里的年轻人都没了，全出去打仗了。

想到自己不但无法平定乱世，反而被皇帝嫌弃，更是悲从中来，唱歌抒发。

杜甫声音嘶哑，但一曲唱完，乡亲们无不涕泪纵横。

赤壁

杜牧

折戟沉沙铁未销，自将磨洗认前朝。

东风不与周郎便，铜雀春深锁二乔。

折戟：折断的戟。戟，古代兵器，在长柄的一端装有青铜或铁制成的枪尖，旁边附有月牙形锋刃。

东风：传说三国时期的赤壁之战因为突如其来的东南风而使孙刘联军的火攻成功。

周郎：指周瑜，字公瑾，三国时东吴大都督。

铜雀：铜雀台，曹操击败袁绍后营建邺都，修建了铜雀、金虎、冰井三台。

二乔：三国时期东吴两位著名的美女——大乔、小乔，分别嫁给了孙策和周瑜。

译文

一根折断的长戟埋在江边的泥沙中，亲自打磨清洗之后认出这是从前赤壁之战的武器。

回想当年，若不是东风借给周瑜方便，曹操就可能获胜，抢走大乔、小乔，关进他的铜雀台了。

杜牧经过赤壁，在江边踏浪而行。

突然脚被沙中的什么东西绊了一下，杜牧捡起来一看，发现是一根断了的戟。杜牧清洗掉锈迹，发现这竟是三国时期东吴军队的武器。

“古董！这里是古战场，想必还有好东西！”

于是乎，杜牧认真地在赤壁附近“玩”了一天沙子，却再无收获。

杜牧望着夕阳感慨：“所以人生呀，就像赤壁之战中的周瑜，能不能赢，能不能发财，有时候就看一场东风、一次运气。”

卖炭翁

白居易

卖炭翁，伐薪烧炭南山中。
满面尘灰烟火色，两鬓苍苍十指黑。
卖炭得钱何所营？身上衣裳口中食。
可怜身上衣正单，心忧炭贱愿天寒。
夜来城外一尺雪，晓驾炭车辗冰辙。
牛困人饥日已高，市南门外泥中歇。
翩翩两骑来是谁？黄衣使者白衫儿。
手把文书口称敕，回车叱牛牵向北。
一车炭，千余斤，宫使驱将惜不得。
半匹红纱一丈绫，系向牛头充炭直。

注释

辙：车轮滚过地面碾出的痕迹。

市：长安有贸易专区，称市，市周围有墙有门。

翩翩：轻快洒脱的情状。这里形容得意忘形的样子。

黄衣使者白衫儿：黄衣使者，指皇宫内的太监。白衫儿，指太监手下的爪牙。

敕（chì）：皇帝的命令或诏书。

牵向北：指牵向宫中。

半匹红纱一丈绫：唐代商务交易，绢帛等丝织品可以代货币使用。当时钱贵绢贱，半匹纱和一丈绫，与一车炭的价值相差很远。这是官方用贱价强夺民财。

译文

卖炭的老翁，在终南山砍柴烧炭去卖。

满脸是烧火时被烟熏的颜色，两鬓斑白，十指乌黑。

卖炭的钱用来做什么？为了身上穿的衣服和口中的粮食。

可怜他身上衣服单薄，心里却忧心炭卖不出而希望天更冷一些。

夜间城外下了大雪积了一尺厚，老翁天刚亮就驾着装炭的牛车在冰雪上赶路。

牛困人乏又饥饿，不知不觉太阳已升得很高，就在集市南门外的泥地上暂时休息。

是什么人得意扬扬骑着马过来？原来是皇宫的黄衣太监和他的白衫跟班。

太监手里拿着文书称是皇帝的指令，让卖炭翁把牛车掉转方向朝北边皇宫拉过去。

一车炭，一千多斤，宫里的人想要，卖炭翁就算舍不得也没办法。

最终只给了卖炭翁半匹红纱和一丈绫，太监系在了牛头上，用来充当买炭的钱。

故事

唐德宗时期，朝政腐败。

宫里需要什么东西，太监就去跟百姓“采买”。说是买，其实是随意给点钱就把东西抢走。

卖炭翁遇到的，就是这么一队无赖。

老人家日夜辛苦，靠砍柴卖炭勉强维持衣食。为了炭能卖得好，就算自己衣服单薄，也希望天气能再冷些。

一路辛苦来到集市，本想能将一车炭卖出好价钱。谁料走来两个宫里的太监。

“老头呀，我们是皇宫里的人，有皇上的诏令。”大太监阴阳怪气道。

“找草民有什么事吗？”卖炭翁听到皇宫，满心惶恐。

“天气冷了，宫里需要大量烧火的炭。今天就给你一个报效朝廷的机会。把这车炭拉到宫里去吧！”

卖炭翁迫于他们的威势，不得不跟着他们去了宫里，独自卸下车上千斤的炭。

“干得好，这是给你的赏赐。”

太监取出半匹红纱和一丈绫，系在了牛头上。看也不看老人一眼，就要离开。

“等等！”卖炭翁急了，出声喊道。

“怎么了？”

“这不够啊！一千多斤的炭，这么一点布怎么够炭钱啊！”

“给你赏赐是你的福气，给皇家办事还想要钱！”

卖炭翁看着两人远去的身影，悲愤哽咽不已。

“这是我过冬的救命钱啊，这个冬天我怎么过啊！”

观刈麦

白居易

田家少闲月，五月人倍忙。
夜来南风起，小麦覆陇黄。
妇姑荷箪食，童稚携壶浆，
相随饷田去，丁壮在南冈。
足蒸暑土气，背灼炎天光，
力尽不知热，但惜夏日长。
复有贫妇人，抱子在其旁，
右手秉遗穗，左臂悬敝筐。
听其相顾言，闻者为悲伤。
家田输税尽，拾此充饥肠。
今我何功德，曾不事农桑。
吏禄三百石，岁晏有余粮。
念此私自愧，尽日不能忘。

注释

刈（yì）：割。

覆陇黄：小麦黄熟时遮盖住了田埂。陇：同“垄”，农田中种植作物的土埂，这里泛指麦地。

荷（hè）箪（dān）食：荷，背负，肩担；箪食，装在竹篮里的饭食。

饷（xiǎng）田：给在田里劳动的人送饭。

秉：拿着。

石：古代容量单位，十斗为一石。

岁晏：年底。

译文

种田的人家少有空闲的月份，一到五月间就加倍繁忙。

夜间刮起了南风，那些小麦覆盖田垄已经成熟变黄。

农妇们挑着扁担竹篮装食物，孩子们带着水壶装满汤。

女人与小孩一同来到田间送饭送水，男人们劳作在南山冈。

双脚被土地的热气蒸烤着，背脊被炙热的阳光灼烧。

用尽力气劳作仿佛不知道暑气炎热，只想珍惜夏天这长长的白昼。

我又看见一位贫苦的妇人，抱着孩子等在收麦人的一旁。

她右手拿着人家不要的麦穗，左臂上挂着一个破烂的竹筐。

听到她跟别人说话的内容，真让听闻的人都为她悲伤。

她说家里的田为了缴纳赋税都卖光了，靠捡麦穗充饥填肚子。

如今的我有什么功德，一直不用从事农耕与蚕桑。

我当官一年的俸禄有三百石粮食，即便年底也有余粮。

一想到这些心中无比惭愧，一整天都念念不忘。

故事

收麦子的季节，白居易去乡下视察今年的收成。看到妇女儿童带着食物汤水，去田间地头送饭，青壮男子正在辛勤劳作。

有一个贫苦的妇人抱着孩子，默默等在收麦的人旁边，等着捡一些掉落的麦穗。原来她家的田已经为了缴税而变卖，只能捡这些麦穗充饥。听到她的遭遇，人们纷纷沉默了。

白居易心中百感交集：

“真正伟大的是劳动人民啊！我又做了什么了不起的事，不用这么辛苦却有这么多粮食作为薪俸呢？”

悯农（其一）

李绅

春种一粒粟，秋收万颗子。

四海无闲田，农夫犹饿死。

注释

悯：怜悯，同情。

粟：泛指谷类作物。

子：指粮食颗粒。

译文

春天种下一粒种子，秋天收获许多粮食。

天下没有闲置不耕作的田，种田的农夫却依然会饿死。

故事

李绅年轻的时候，和朋友李逢吉一起游玩，登上城墙眺望远方。李绅看到田地上的农民辛苦劳作，感慨万千，写下了流传千古的《悯农》二首。

这两首诗充满对劳动人民的同情，李绅后来当上了官，却走上了截然相反的道路。那个关心农民疾苦的年轻诗人，并没有成为为民请命的好官。

悯农（其二）

李绅

锄禾日当午，汗滴禾下土。

谁知盘中餐，粒粒皆辛苦。

注释

禾：谷类植物的统称。

餐：一作“飧”。熟食的通称。

译文

正午的炎炎烈日下，农民在劳作，汗珠一滴滴地落在禾苗下的泥土中。

有谁想到，我们盘中的餐食，一粒一粒都是农民辛苦劳动得来的呀？

故事

李绅是中唐时期“牛李党争”中李（德裕）党的关键人物。复杂的朋党斗争、起起落落的官场履历，注定了他复杂矛盾、充满争议的一生。

李绅最后官至宰相，但后世记住的仍是那个悲天悯人的青年诗人李绅。

抛开李绅为人不说，这首小诗戳中了百姓们的心声，所以被广为传诵。世上的人们，难道不应该珍惜每一粒粮食、尊重他人的劳动吗？

蜂

罗隐

不论平地与山尖，无限风光尽被占。

采得百花成蜜后，为谁辛苦为谁甜？

译文

无论在平地还是山峰，鲜花盛开的美好风景都让蜜蜂占尽。

采到百花的精华酿蜂蜜，最终是为了谁而辛苦，又是谁尝到了甜头？

故事

晚唐时期的诗坛，罗隐是位大咖，粉丝男女老少皆有，其中有不少待字闺中的少女，幻想着能跟他成就一段才子佳人的姻缘。

当朝丞相郑畋家有位热爱文艺的小姐，对罗隐仰慕已久，时常朗诵和抄写他的诗。

郑小姐有位好父亲，郑畋也是著名的诗人，对罗隐的才华也是非常欣赏，知道女儿对罗隐的单相思之后，安排了一场宴会，特地请罗隐做客，让女儿躲在帐子后面一睹偶像的风采。

没想到，罗隐诗写得俊逸潇洒，人却丑得不堪入目，容貌离郑大小姐想象中的玉树临风、风流倜傥差了不止十万八千里。郑大小姐一颗少女心碎成了渣渣。

父亲苦笑地摇摇头，温柔地安慰女儿："闺女，世上哪有完美之人，不完美也是一种美啊。"

然而爱才但更爱貌的郑小姐从此再也不读罗隐的诗了，而且很快就嫁了人……

登楼

杜甫

花近高楼伤客心，万方多难此登临。

锦江春色来天地，玉垒浮云变古今。

北极朝廷终不改，西山寇盗莫相侵。

可怜后主还祠庙，日暮聊为《梁甫吟》。

注释

锦江：濯锦江，岷江分支之一，在今四川成都平原。

玉垒：山名，在四川省理县东南，多作成都的代称。

西山：指川蜀和吐蕃交界地区的雪山。

寇盗：指入侵中原的吐蕃人。

后主：指三国时期蜀汉的亡国之君刘禅。

《梁甫吟》：乐曲名，也叫《梁父吟》，是古乐府中的一首葬歌。据说诸葛亮好为《梁甫吟》。

译文

高楼近看花儿美，无端感伤我的心，多灾多难多忧愁，而我登高楼。

锦江一带春来了，让天地换新颜，玉垒山上浮云变幻正如古今世事。

朝廷稳固就像北极星始终没有变，西山的吐蕃贼寇最好别入侵。

可怜那后主刘禅竟也配享用祭祀，黄昏时我姑且吟诵《梁甫吟》。

唐代宗广德二年（764）春，杜甫客居成都。

去年正月，官军收复河南河北，平定安史之乱，杜甫闻讯欣喜若狂，写下著名的《闻官军收河南河北》。

然而到了去年十月，西边的吐蕃乘虚而入，兵临长安。唐代宗闻风丧胆，毫无抵抗就匆匆逃到陕州避难。群龙无首之下，吐蕃大军攻陷长安。

杜甫对于唐代宗的行为大为不满，前方将士不畏牺牲保家卫国，而唐代宗身为一国之君却无勇无谋，临阵逃脱，致使国都沦丧，堪比三国时期只会逃跑投降的刘阿斗。

幸好名将郭子仪再次力挽狂澜，带兵收复了长安。然而吐蕃在四川北部作乱，宦官专政，藩镇割据，大唐依然多灾多难。如此情形之下，朝廷的威严荡然无存，皇帝更是难以让人尊敬信服。

杜甫向来崇拜诸葛亮，这次来到成都锦江边上登楼远眺，想起了诸葛亮辅佐的后主刘禅。

杜甫心想：刘禅那样的亡国之君都配享祠庙吗？就像当今的唐代宗哪有资格坐在那个位置上。

想当初万邦来朝，敬奉唐太宗为天可汗，如今大唐天子看到吐蕃入侵却仓皇而逃，杜甫难免心生感慨。

同时，杜甫的贵人严武受朝廷任命为成都尹兼剑南节度使，征召杜甫出来辅佐。

于是杜甫登楼远眺，吟诵诸葛丞相的《梁甫吟》，颇有卧龙出山的男儿壮志。

茅屋为秋风所破歌

杜甫

八月秋高风怒号，卷我屋上三重茅。

茅飞渡江洒江郊，高者挂罥长林梢，下者飘转沉塘坳。

南村群童欺我老无力，忍能对面为盗贼。

公然抱茅入竹去，唇焦口燥呼不得，归来倚杖自叹息。

俄顷风定云墨色，秋天漠漠向昏黑。

布衾多年冷似铁，娇儿恶卧踏里裂。

床头屋漏无干处，雨脚如麻未断绝。

自经丧乱少睡眠，长夜沾湿何由彻！

安得广厦千万间，大庇天下寒士俱欢颜！

风雨不动安如山。

呜呼！何时眼前突兀见此屋，吾庐独破受冻死亦足！

注释

挂罥（juàn）：挂住。罥，挂。

塘坳：池塘低洼。

俄顷：不一会儿。

布衾：布质被子。

恶卧：睡相不好。

丧乱：指安史之乱。

彻：彻晓，天亮。

大庇：全部遮盖、掩护起来。庇，遮盖，掩护。

寒士：生活贫苦的读书人。

突兀：高耸的样子。

见：同“现”，出现。

译文

八月深秋时节狂风怒号不止，卷走我家屋顶上的层层茅草。

茅草随风飘过了浣花溪，落在对岸郊外，飞得高的茅草挂在高树梢上，飞得低的茅草落在池塘和洼地中。

村子南边那伙小孩子欺负我年迈体衰，竟然忍心当面做起盗贼抢东西。

他们公然抢走我的茅草跑进竹林，任凭我大声呵斥口干舌燥也不听劝阻，我拄着拐杖回到家里只能独自叹息。

没多久风停了，云朵也变成了墨色，秋天的天空到了黄昏，一片昏沉黑暗。

被子用了多年冷冰冰的好似铁块，小孩子睡相很差，几乎要把被子踢裂开。

整个屋子漏风漏雨，没有一处地方是干燥的，屋内的雨就好像麻线般不断滴落。

经历安史之乱后我很少安眠，漫漫长夜，住在潮湿的屋子中怎么熬到天亮！

怎样才能得到千万间宽阔大屋？可以庇护天下寒苦的读书人，让他们都欢欣雀跃，遇到风雨也能够安稳如山！

呜呼！什么时候眼前能够出现这样的屋子，茅屋就算损坏，让我受冻而死也心满意足！

故事

杜甫最潦倒的时候，家里只有一间茅草屋，还经常漏风漏雨。

八月深秋的某天，狂风怒号卷走了屋顶的茅草，四处乱飘。杜甫忙出门去捡茅草，有些掉到高树上，有些掉在池塘洼地，正在苦恼怎么捡起来的时候，看到村子里的一帮小孩也跑出来跟自己抢茅草。

“熊孩子们！这是我家的茅草，你们不要拿！”

“掉在外面的，谁捡到归谁！”熊孩子们不讲道理，捡起来就跑。

杜甫拄着拐杖追不动，只能呵斥两句。熊孩子们哪里听得进去，拿起战利品就作鸟兽散了。

失去了茅草的家四处漏风，到了晚上被子都冻得硬邦邦的。

杜甫冻得无法入睡，感慨时局动乱，身为诗圣也无法温饱。

“如果有一天，我变得很有钱，第一选择不是环游世界，我要买房买地，盖起房屋千万间，这样就能庇护所有饥寒交迫的人，让他们露出难得一见的笑脸……”

第五章

佛系人生
不必较真

山居秋暝

王维

空山新雨后，天气晚来秋。

明月松间照，清泉石上流。

竹喧归浣女，莲动下渔舟。

随意春芳歇，王孙自可留。

注释

暝（míng）：日落时分。

浣（huàn）女：洗衣服的女子。

王孙：原指贵族子弟，此处指隐士，即诗人自己。

译文

空旷的山谷刚下过一场雨，傍晚的天气让人感到凉爽的秋意。

明月静静地照在松林之间，清澈的泉水在石上汩汩地流。

竹林中洗完衣服的少女喧闹着，莲叶摇动处出现一艘渔船。

任凭春天的芬芳消散，隐士自会为眼前的秋色驻留。

故事

王维很佛系，常住终南山下的别墅里。

闲来无事就去山里打坐冥想，感受天地灵气。

是日，空旷的山谷里，刚下过一场秋雨，空气清新湿润，王维精神为之一振。

不知不觉到了夜晚，月亮高悬在松林间，清泉淙淙流过岩石。

王维仿佛与天地融为一体，成了山中一块人形的石头，物我两相忘。

这时听到竹林中有洗衣归来的少女闲聊嬉戏的喧嚣声，山下的池塘莲叶动了，一叶扁舟从水面上驶来。

良辰美景，如此静谧。

王维睁开眼睛，心中淡淡道："我就该留在这里，何必眷恋红尘俗世。"

寻隐者不遇

贾岛

松下问童子，言师采药去。
只在此山中，云深不知处。

译文

苍松之下，我问童子他师父去哪儿了，童子说师父出门采药去了。

他只知道师父就在这座山里，可是山中云雾深重不知具体在哪儿。

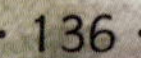

故事

诗人贾岛翻山越岭去寻访隐士，没见到隐士，只见到了高人的小徒弟。

贾岛亲切地问：“小朋友啊，你家师父在不在呀？”

童子：“师父说，他不在。”

贾岛：“那你师父说他去哪儿了？”

“去山里采药了。”

“哦！师父还懂医术，不愧是高人。能告诉我是哪一座山吗？我去求个偶遇。”

“师父说，他骑着心爱的小毛驴，远离忧愁和烦恼，有时在这座山的山顶，有时在那座山的山脚，虽在这山里，人却找不到。”

“不愧……不愧是隐士啊。”

过故人庄

孟浩然

故人具鸡黍，邀我至田家。

绿树村边合，青山郭外斜。

开轩面场圃，把酒话桑麻。

待到重阳日，还来就菊花。

注释

过：拜访。
具：准备，置办。
鸡黍：鸡和黄米饭，指农家丰盛的美食。
郭：指村庄的外墙。
场圃：场是打谷场、稻场；圃，菜园。
桑麻：泛指农作物或农事。

译文

老友准备了鸡肉与黄米饭，邀请我去他乡下田庄做客。
他家在绿树环绕的村庄里，一座青山横斜在村子外面。
推开窗户看到谷场和菜园，拿起酒杯一起聊聊农务活。
约好下次等到重阳节之时，邀请我再来他家赏菊喝酒。

故事

孟浩然隐居鹿门山，日子悠然乐无边。

老朋友邀请去吃饭，高高兴兴去赴约。

鸡肉搭配黄米饭，配上美酒更香甜。

孟浩然看到这一派田园美景，绿树、青山、村舍、场圃、桑麻，一扫求仕不顺带来的不快，感觉整个人都得到了治愈。

“要什么功名利禄，从明天起，做一个幸福的人，喂马、劈柴、关心粮食和蔬菜……”

好客的农人问：“这些家常菜吃得惯吗？”

孟浩然开心又期待地说：“好吃！重阳节的时候，我可以再来你家吃饭、赏菊吗？”

鹿柴

王维

空山不见人，但闻人语响。

返景入深林，复照青苔上。

注释

鹿柴（zhài）：柴，同“寨”，有篱笆的村墅。

返景（yǐng）：景同“影”，太阳将落时通过云彩反射的阳光。

译文

空寂的山谷里看不到人影，只能听到人说话的声音。

落日斜晖射入树林深处，返照在碧绿的青苔之上。

世俗之人所追求的一切，王维都有。无论容貌、出身，还是才华、机遇，他都不缺。中年之后的王维，活得越来越佛系，人称“诗佛”。

他在终南山麓修建了一处自然园林，名为“辋川别业”，从此与山水做伴，过着与世无争的生活。有感而发时，写些山水田园诗。

这天，王维独自来到庄园的一处胜景——鹿柴。

深林中不见人影，依稀能听到童子洒扫、说话的声音。王维在石上打坐，直到日暮降临。夕阳斜射入深林，红色的余晖照耀在青苔之上，相映成趣，一天即将过去。

王维的心中无比平静，只是肚子咕咕作响。

“回去吃饭喽！”没办法，诗佛毕竟也是肉体凡胎。

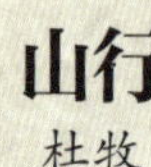

山行

杜牧

远上寒山石径斜，白云生处有人家。

停车坐爱枫林晚，霜叶红于二月花。

注释

生：诞生，另有版本作“深”。

坐：因为。

枫林晚：傍晚时的枫树林。

霜叶：枫树的叶子经深秋寒霜之后变成了红色。

译文

沿着弯弯曲曲的石头小路登上秋山，在那白云生出的地方居然有几户人家。

因为喜爱深秋枫林的晚景而停下马车，被秋霜染过的枫叶艳过二月的春花。

故事

晴朗的秋日，杜牧去爬山。沿着石头小路走进深山，没想到还能看见炊烟袅袅的农家。枫叶火红艳丽，使秋天的山林生机勃勃，胜似春天。

杜牧见此情景，忍不住对车夫说："停一停吧，这里景色甚好！如果文人墨客看到秋天如此红红火火，那么就不会写伤春悲秋的诗句了。"

车夫爽快地应了，随口说道："你们读书人，有时候就是太执着，该来的自然来，该去的留不住，只要往前看，什么时候都是好时节。"

杜牧拊掌大笑："还是老兄通透啊！"

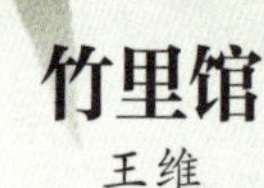

竹里馆

王维

独坐幽篁里，弹琴复长啸。

深林人不知，明月来相照。

注释

竹里馆：辋川别业的一馆，屋子为竹林所环绕。

幽篁（huáng）：幽深的竹林。篁，泛指竹子。

长啸：撮口发出悠长清越的声音，一种歌唱的方式，在魏晋名士中流行。

译文

独自坐在幽静的竹林里，我弹着琴又长啸高歌。

无人知道我在这竹林深处，唯有明月照耀着我。

故事

佛系的王维最喜欢做的事情，就是什么也不做。

待在自己的别墅，与大自然亲近，打打坐，感受天人合一的境界。

没有人的时候，就独自长啸高歌，渐渐地练成了男高音，并在唐玄宗举办的“大唐好声音”中夺得了第二名的好成绩。

你问第一名是谁？

那当然是李白啦。

为什么？

因为李白是公认的“长啸绝人群”。

送灵澈上人

刘长卿

苍苍竹林寺，杳杳钟声晚。

荷笠带斜阳，青山独归远。

注释

灵澈上人：唐代著名僧人。

竹林寺：在现在江苏镇江。

杳（yǎo）杳：深远的样子。

荷（hè）笠：背着斗笠。

斜阳：一作夕阳。

译文

深青色的山林中坐落着竹林寺，悠远空旷中传来傍晚的钟声。

有位僧人戴着斗笠，披着斜阳余晖，独自走向青山，身影越来越远。

故事

刘长卿送朋友灵澈上人回竹林寺。

夕阳西下，竹林深深，远处有钟声。僧人戴着斗笠，披着斜阳余晖，俨然世外高人。

刘长卿官场不顺，政治失意，对于修佛的出世之心油然而生。见到灵澈上人远去的背影，心中向往，也想避世隐居。

“师父！我的心总是不安。”

“好的，把你的心拿出来，我帮你安上。”

“这不是达摩祖师的话吗？”

“无论过多少年，这样的问题都会无数次出现。”

“心安处即是道，是吗？”

“先找到你自己的心吧！”

野望

王绩

东皋薄暮望，徙倚欲何依。

树树皆秋色，山山唯落晖。

牧人驱犊返，猎马带禽归。

相顾无相识，长歌怀采薇。

注释

东皋（gāo）：诗人隐居的地方，今属山西万荣。

薄暮：傍晚。薄，迫近。

徙（xǐ）倚：徘徊，来回地走。

依：归依。

犊（dú）：小牛，这里指牛群。

采薇：相传周武王灭商后，伯夷、叔齐不愿做周的臣子，在首阳山上采薇而食，最后饿死。“采薇”代指隐居生活。

译文

临近傍晚的时候，我站在东皋眺望远方，徘徊迷茫中不知该去向何方。

所有的树木都染上了一层秋天的颜色，所有的山峰都披上了落日余晖。

放牧归来的人驱赶着牛群走在乡路上，猎人也骑着马带着猎物回家了。

我们相顾无言也不曾认识彼此，真想长啸高歌隐居山冈而生活。

故事

在大唐诗人中，王绩算是“前浪”中的“前浪”。“初唐四杰”之一的王勃，论辈分得叫他一声叔公。

王绩的人生起点很高，11 岁去京城长安（当时还是隋朝的京城大兴）游历，被权臣杨素赏识，长安满座公卿称他为“神仙童子”。后来进入大隋“国家图书馆”工作，这一干就是隋文帝、隋炀帝两朝。但因为他工作时间喝酒，被打了小报告，干脆辞职回家了。

后来隋朝覆灭，王绩改做唐朝的官，因为履历一般，等入职通知就等了八年。

到了唐太宗时期，王绩听说太乐署——国家歌舞团的领导焦革擅长酿酒，主动要去这个部门——工作动机不纯。焦革夫妇离世后，王绩对官场再无眷恋，从此辞官归隐。

归隐后王绩放飞了自我，这首诗就是他生活的真实写照：

隐居在东皋，黄昏时分四处望。看看山，看看树，虽无知己相伴，却也是世外桃源。

家中有屋又有田，生活乐无边。

自己酿酒随便喝，自在又快活。

终南别业

王维

中岁颇好道，晚家南山陲。

兴来每独往，胜事空自知。

行到水穷处，坐看云起时。

偶然值林叟，谈笑无还期。

注释

中岁：中年。

南山：终南山。南山陲，终南山脚下，辋川别业所在地。

叟（sǒu）：老翁。

译文

人到中年颇为执着于追求道，晚年总算能在终南山下隐居。

兴致来时独自去遨游，遇到美好的事物独自欣赏，自得其乐。

有时走到山穷水尽的地方，随意地静静坐下看云朵的变化。

偶然遇到住在树林的老翁，谈笑闲聊常常忘记回家的时间。

故事

王维一生都是个不愿斗争的恬淡之人。然而树欲静而风不止，遭遇安史之乱，没有及时逃出长安，致使他留下了政治生涯最大的污点——投敌。

唐玄宗匆匆出逃，不知什么原因没有带上王维——可能是王维喜欢住在山林，消息比较闭塞的缘故。

安禄山大军杀到，抓了王维做俘虏。“诗佛”王维声名在外，安禄山就逼他做自己的官。

王维虽然佛系，却也不想死，总之不管出于什么原因，从形式上还是叛变了朝廷，屈身乱贼。从士大夫的气节上说是理亏的。

后来唐肃宗收复长安，凡是安禄山朝廷的官员，杀的杀关的关。轮到王维，平叛有功的大臣王缙跳了出来——他正是王维的亲弟弟，以身家性命担保哥哥。好在之前王维恰好写过一首叱责安禄山残暴不仁的诗，所以有惊无险。唐肃宗口头上教育了几句，又让他回到了给事中的老岗位上。

经历过政治上的风云变幻，本就生性淡泊的王维，越发出离人世。干脆搬到终南山，一心求悟道。

“行到水穷处，坐看云起时。”山穷水尽时，豁然开朗处。

晚年的诗佛，心境上已入物我两相忘的境地。

此生未了，心却已无所扰，只想换得半世逍遥。

梦游天姥吟留别

李白

海客谈瀛洲，烟涛微茫信难求；
越人语天姥，云霞明灭或可睹。
天姥连天向天横，势拔五岳掩赤城。
天台四万八千丈，对此欲倒东南倾。
我欲因之梦吴越，一夜飞度镜湖月。
湖月照我影，送我至剡溪。
谢公宿处今尚在，渌水荡漾清猿啼。
脚著谢公屐，身登青云梯。
半壁见海日，空中闻天鸡。
千岩万转路不定，迷花倚石忽已暝。
熊咆龙吟殷岩泉，栗深林兮惊层巅。
云青青兮欲雨，水澹澹兮生烟。
列缺霹雳，丘峦崩摧。
洞天石扉，訇然中开。
青冥浩荡不见底，日月照耀金银台。

霓为衣兮风为马，云之君兮纷纷而来下。

虎鼓瑟兮鸾回车，仙之人兮列如麻。

忽魂悸以魄动，恍惊起而长嗟。

惟觉时之枕席，失向来之烟霞。

世间行乐亦如此，古来万事东流水。

别君去兮何时还？且放白鹿青崖间，

须行即骑访名山。

安能摧眉折腰事权贵，使我不得开心颜？

注释

海客：漂泊海上的人。

瀛洲：传说中的东海三座仙山之一，另外两座叫蓬莱和方丈。

天姥山：在浙江新昌东面。传说登山的人能听到仙人天姥唱歌的声音，山因此而得名。

越人：指浙江一带的人。

赤城：山名，在浙江天台西北。

天台（tāi）：天台山，在浙江天台县北部。

镜湖：又名鉴湖，在浙江绍兴南面。

剡（shàn）溪：水名，在浙江嵊州市南面。谢灵运游天姥山时住宿的地方。

谢公：指谢灵运，东晋末年至刘宋初年著名文学家。

渌（lù）：清澈。

谢公屐：谢灵运为了游山玩水自己发明的一种方便爬山的特制木屐。

青云梯：指高耸入云的山路。

天鸡：古代传说，东南有桃都山，山上有棵大树叫桃都，树枝绵延三千里，树上栖有天鸡，每当太阳初升，照到这棵树上，天鸡就叫起来，天下的鸡也都跟着它叫。

列缺：指闪电。

洞天：神仙居住的洞府。

訇（hōng）然：形容声音巨大。

青冥：指天空。

金银台：指神仙居住的地方。

白鹿：传说中神仙或隐士多骑白鹿。

译文

海上漂泊之人谈起瀛洲，都说烟波渺茫难以求得一见。

越地之人说到天姥山，都说云霞或明或暗的时候有机会看见。

天姥山连着天，遮天蔽日，崇高巍峨似乎超过五岳，遮挡了整个赤城山。

据说天台山高四万八千丈，面对天姥山似乎向东南倾斜拜倒一般。

我因为越人的讲述而梦到了吴越，一夜之间飞到了明月之下的镜湖。

湖光月色照出我的身影，一路伴随着我来到剡溪。

当年谢灵运住的地方如今还在，碧波绿水荡漾，猿猴长啸。

我的脚上穿着谢灵运发明的登山木屐，走在通往顶峰的山路上。

爬到半山腰的时候望见海上升起的旭日，天空中传来天鸡的打鸣声。

万千岩石山峦叠嶂，道路弯曲没有方向，我痴迷地看着沿途的花，倚靠着石头，不知不觉天色变暗。

听到熊的吼叫、龙的吟啸，山间的泉水声震耳欲聋，震动整片树林，连山峰都颤抖。

乌云黑沉沉的，似乎要下雨，水波荡漾升起了烟气。

电闪雷鸣，山峦崩塌。

神仙洞府，轰然打开。

只见青色的天空浩渺无边无际，日月照耀金银璀璨的神仙宫殿。

他们以彩虹作为衣裳，御风作为马，这些云中的神仙纷纷现身。

我见到老虎在弹奏琴瑟，鸾鸟驾驶着车，仙人们密密麻麻地出现在空中。

忽然魂魄惊动，我猛地一下惊醒，不禁长长叹息。

醒来后只有枕头和席子，失去了梦中见到的烟雾云霞。

人世间的行乐如同梦幻一样容易消散，古往今来，世事都如东流水般一去不复返。

告别朋友离去，不知何时才能回来，暂且把白鹿自由自在地放生于青山绿水之间，等到出游的时候再骑上拜访名山。

怎么能弯腰低头去服侍那些权贵，让我不能有开心的笑颜？！

故事

李白在长安遭受权贵排挤，被唐玄宗逐出京城后，又恢复了之前漫游天地的生活。

这天李白人在旅途，偶然听闻天姥山的传说，不由得魂牵梦绕。当晚一入梦，就梦到自己身处一处灵山的山脚，脚上也多了一双谢公屐。李白大喜过望："难道这就是天姥山？我要去寻访谢灵运！"

李白沿着偶像的足迹，走到剡溪源头一处清雅的山寺。他小心翼翼地敲门："请问谢公在吗？"

一位风流潇洒的白衣道人出现了："我正是谢灵运，你是何人？"

李白两眼放光，自报家门："小生乃大唐诗仙、唐朝徒步旅行第一人、皇宫斗酒大赛第一名、巴蜀杰出青年、人称'谪仙人'……的李白。"

"不认识，再见。"谢灵运说着就要关门。

"偶像别关门！我是您的超级粉丝，做梦都想见您一面！"

谢灵运一脸冷漠："你确实在做梦。"

"我对您的敬仰之情犹如滔滔江水……"

"打住，找我有啥事？"

"有幸一见，我已经别无所求，只希望您能给我一点人生建议，我要把它当成座右铭！"

"少喝酒，别太浪！我就是浪死的。"

说完仙门关闭，李白在现实中醒来，回味良久，提笔写下《梦游天姥吟留别》。

题破山寺后禅院

常建

清晨入古寺，初日照高林。

曲径通幽处，禅房花木深。

山光悦鸟性，潭影空人心。

万籁此都寂，但余钟磬音。

注释

破山寺：即兴福寺，在今江苏常熟市西北虞山上。

钟磬（qìng）：这里指佛教法器。

译文

清晨我来到古老的寺庙，看到太阳初升照耀山林。

曲折的小路通往幽静的深处，禅房位于茂盛的花草之中。

山里日光明媚使鸟儿也愉悦，潭水倒影让人心情平静。

此刻万物都寂静无声，只剩下敲击钟磬的声音。

故事

诗人常建与王昌龄是同榜进士，也是好友。跟许多诗人一样，常建的仕途也郁郁不得志，于是来了一场说走就走的旅行，一游就是一生。

这天天刚亮，常建去古寺拜访，曲径通幽，在那花草茂盛的深处，有一间宁静的禅房。

山里风光好，阳光明媚鸟语花香，看着潭水中的倒影，常建得到了内心的平静。

这时寺庙的钟磬声响起，他忽然有了一种想皈依佛门的冲动。

“世间一切，如梦似幻，所执着的名利，也不过是黄粱一梦。过去是我太看重得失了，从今天起，宠辱不惊过一生。”

第六章

坦坦荡荡
历遍风和浪

出塞

王昌龄

秦时明月汉时关，万里长征人未还。

但使龙城飞将在，不教胡马度阴山。

注释

龙城飞将：汉代卫青曾奇袭龙城，李广外号“飞将军”，这里泛指威震边塞的名将。

阴山：横亘于内蒙古中部的阴山山脉，是历史上中原与游牧民族重要的战略要地。

译文

依旧是秦汉时的明月和边关，远去万里守边的征人啊，还未归还。

如果名将卫青和李广等还在的话，必不会让敌人的铁蹄踏过阴山。

故事

王昌龄是个不甘平凡的人。

他二十岁左右离开家乡，前往嵩山学道。因为向往成就一番事业，不久就下山去，前往长安寻找发展机会。

在长安打拼已久，依然望不见出头之日，于是王昌龄想去边塞找机会。

王昌龄二十七岁，西出玉门关，投笔从戎。

玉门关的晚上，滴水成冰。守夜的王昌龄望着头顶一轮冷月，寒风呼啸，隐约传来往昔将士们的杀伐之声。

“我不怕吃苦，我只怕这辈子没有机会，做个顶天立地的英雄，像卫青、李广那样留名青史。”

王昌龄最终也没能一战成名，却因这首《出塞》而名留千古……也算得偿所愿了吧。

塞下曲

卢纶

月黑雁飞高，单于夜遁逃。
欲将轻骑逐，大雪满弓刀。

注释

塞下曲：古时边塞的一种军歌。
单于（chán yú）：匈奴的首领。
将：率领。

译文

月色漆黑大雁高飞，匈奴单于趁夜逃窜。
正要带领轻骑去追，大雪落满了弓刀。

这一夜，月黑风高，大雪纷飞。

探子来报："敌方单于带着残兵败将，想要趁夜逃跑。"

将军拍案而起，大笑道："跑不了！将士们，跟我上！"

将军整肃轻骑兵，配好弓箭刀枪，此战志在必得。

卢纶看着大唐将士的英武身姿，雪花飘落在他们的武器和盔甲上，豪情油然而生！

"将军，请让我一同前去！"卢纶主动请缨。

将军微微一笑，拍拍卢纶的肩膀："大丈夫以死报国，大诗人以诗鉴史！你留下，记录这一切吧！"

马嘶人吼刀光剑影，敌人闻风而逃。轻骑猎猎，穷追不舍，大雪纷飞寒冷萧瑟。

卢纶却觉得心中一片火热。

凉州词

王之涣

黄河远上白云间，一片孤城万仞山。

羌笛何须怨杨柳，春风不度玉门关。

注释

凉州词：为当时流行的曲子《凉州词》配的唱词。凉州，治所在今甘肃省武威市凉州区。

孤城：指玉门关。

仞：古代长度单位。

羌笛：古代羌族乐器，一种单簧气鸣乐器。

杨柳：北乐府《折杨柳枝》，古人常以笛吹《杨柳》，喻别离之苦。

玉门关：汉武帝为开通西域所设置的门户，是汉朝的军事与交通要道，为重要的屯兵之地。故址在今天的甘肃省敦煌市西北小方盘城。

译文

黄河似乎在远方的白云之中奔流不息，一座城池孤独地耸立在高山之下。

何必用羌笛吹起《折杨柳枝》抱怨春天未曾到来，只因那春风从来吹不到这玉门关啊。

故事

王之涣出身太原名门望族王氏，能文能武，一身豪气。他纵马边关，看到黄河落日、群山孤城，又听到将士们吹奏羌笛，诉说思乡之情，感慨万千，于是留下“春风不度玉门关”的千古佳句。他的诗虽然只有六首传世，但每一首都是精品。

有一天，王之涣和两位大诗人王昌龄、高适一同喝酒听曲，听到歌伎先后唱起王昌龄和高适的诗，却始终没人唱自己的。

王昌龄打趣说：“以歌伎的传唱论诗的名气，王大哥要输了。”

王之涣不以为然，自信地指了指酒楼中最美的歌伎：“我老王的诗，必得艳压群芳的姑娘才会唱。”

果然，最美的歌伎一开口，唱的就是“黄河远上白云间，一片孤城万仞山……”

三人哈哈大笑，王之涣得意地说：“我就知道，喜欢我的诗的，都是大美人！”

“服气，服气！”

王昌龄、高适甘拜下风，各自罚酒三杯。

凉州词

王翰

葡萄美酒夜光杯，欲饮琵琶马上催。

醉卧沙场君莫笑，古来征战几人回？

注释

夜光杯：白玉制成的名贵酒杯，盛着美酒放在月光下会闪闪发亮，因此有“夜光杯”之名。

琵琶：传统弹拨乐器，最早是西域胡人骑在马上弹奏的。

沙场：战场。

译文

筵席之上，葡萄美酒摇曳在夜光杯中，正要畅饮，听到马上琵琶响起，催人速速出征。

如果我酒醉卧倒在战场上，请各位不要笑，古往今来出征的能有几个人返回？

故事

边塞诗人都有一个豪侠梦，放荡不羁爱自由，王翰也是如此。

王翰是个土豪，常自比王侯，生活乐无边。他才华横溢考上了进士，但年少疏狂实在不适合做官。官场不顺，他不以为意，常常请客吃饭、喝酒奏乐，过得潇洒自在。

这日土豪王翰带着葡萄美酒、夜光杯来到边关，想跟好兄弟们喝个痛快。

忽然，催人出征的琵琶声急促响起。

王翰觉得手中的酒顿时不香了。

朋友豪放一笑："看来我们要上战场了，这一杯干个痛快，到时候兄弟醉倒在战场上，你可不要笑！"

王翰听着眼眶一热，战场上九死一生，将士们却是满怀豪情。

"干！我温酒等你们凯旋！"

将士们得胜归来，发现王翰醉得呼呼大睡。

酒，依然温热。

燕歌行

高适

汉家烟尘在东北，汉将辞家破残贼。
男儿本自重横行，天子非常赐颜色。
摐金伐鼓下榆关，旌旆逶迤碣石间。
校尉羽书飞瀚海，单于猎火照狼山。
山川萧条极边土，胡骑凭陵杂风雨。
战士军前半死生，美人帐下犹歌舞！
大漠穷秋塞草腓，孤城落日斗兵稀。
身当恩遇常轻敌，力尽关山未解围。
铁衣远戍辛勤久，玉箸应啼别离后。
少妇城南欲断肠，征人蓟北空回首。
边庭飘飖那可度，绝域苍茫无所有！
杀气三时作阵云，寒声一夜传刁斗。
相看白刃血纷纷，死节从来岂顾勋？
君不见沙场征战苦，至今犹忆李将军！

注释

燕歌行：乐府《相和歌·平调曲》题名。

汉家：汉朝，此处借汉说唐。

烟尘：代指战争。

摐（chuāng）：撞击。

榆关：山海关的别名，泛指北方边塞。

旌旆：泛指各种旗帜。

逶迤：蜿蜒不绝的样子。

碣石：山名。

羽书：插有鸟羽的紧急文书。

瀚海：沙漠。

狼山：又称狼居胥山，在今内蒙古自治区克什克腾旗西北。

腓：指枯萎。

蓟北：泛指唐朝东北边地。

刁斗：古代军中白天用来烧饭，晚上用来敲击巡更的铜制用具。

李将军：西汉时期的名将李广，人称“飞将军”，勇猛善战，体恤士卒，在汉唐民间威望很高。

译文

边境起战事烟尘在东北，大唐将领告别家乡前往破残贼。

男子汉本就应该上战场，天子也赐予了将士们丰厚奖赏。

锣鼓声助威兵出山海关，旌旗迎风招展于延绵碣石山间。

校尉飞羽传书奔向沙漠，敌人首领举着烈火照亮了狼山。

边疆的山河大地多荒凉，胡人骑兵仗着地势如风雨袭来。

战士们拼死杀敌不畏生死，将军却在大帐中观赏美人歌舞。

深秋时节大漠草木凋零，落日孤城之下能战的将士越发稀少。

将军们身受皇恩却总是轻视敌人，拼尽全力也未能解开关山之围。

征夫身披铁甲艰辛地久久守着边疆，多少家中妻子因别离而哭泣。

妇人们独守故乡伤心断肠，出征的军人在蓟北徒然回首望。

边境多么遥远难以到达，绝境之地苍茫一片什么也没有。

从早到晚杀气腾腾战云密布，寒冷的北风在夜里吹来打更声。

士兵们互相看到白刃上遍布血迹，一心以死报国岂是为了功勋？

你看不见战场的残酷艰苦，战士们至今还在思念李将军！

故事

东北边境告急，契丹入侵。

军队连夜出征，解边境之围。

锣鼓喧嚣，声势浩大，皇帝亲自大赏将士，希望他们得胜归来。

前线的战士们奋勇杀敌为国捐躯，将军却还在大帐里面欣赏美人跳舞，喝酒享乐，寒了战士们的心。

正所谓将帅无能累死三军，战士们牺牲大半，战况越发艰难。寒风凛冽的孤城，满是肃杀绝望的氛围。

眼看敌人越来越近，想起家乡的妻子每日以泪洗面，思念丈夫。

剩下的人仰天长啸，一声叹息，披上战甲拿上宝剑，即便明知是必败的仗，也要迎接最后的死战！

男儿本自重横行！

我等铁甲依然在！

唯一的遗憾，就是没有一个飞将军那样的将领让我们打胜仗，只能慷慨赴死！

雁门太守行

李贺

黑云压城城欲摧，甲光向日金鳞开。
角声满天秋色里，塞上燕脂凝夜紫。
半卷红旗临易水，霜重鼓寒声不起。
报君黄金台上意，提携玉龙为君死。

注释

《雁门太守行》：古乐府曲调名。雁门，郡名。古雁门郡大约在今山西省西北部，是唐王朝与北方突厥部族相接的边境地带。

角：古代军中的号角。

燕脂：比喻战场上鲜血纵横，染红泥土如同胭脂。

凝夜紫：暗指战场血迹干涸，在夜色下呈现暗紫色。

易水：河名，源出今河北省易县，向东南流入大清河。这里的易水指的是荆轲“壮士一去兮不复还”的悲壮情怀，而非实指易水。

黄金台：亦称招贤台，战国时期燕昭王筑，引申为尊重人才，招纳贤才之意。

玉龙：宝剑的代称。

译文

黑压压的敌方大军如同黑云席卷而来准备摧毁城池，战士们的铁甲朝着太阳金光粼粼。

战斗的号角声响彻秋天的夜空，边塞将士们浴血奋战，鲜血在寒夜中凝结变为紫色。

红旗半卷的援军逼近易水一往无前，夜里寒霜浓重使得战鼓的声音沉闷无法嘹亮。

为了报答君主在黄金台上的信任与恩赐，愿意手持玉龙宝剑以身报国死战到底。

故事

唐宪宗元和九年（814），大唐藩镇雁门郡振武军作乱，驱逐了当时的振武节度使，而且杀害了他全家。

皇帝大怒，派张煦出任振武节度使，率夏州士兵两千人镇压叛军。

叛军来袭，如同黑云压城，已到千钧一发的时刻。

将士们的战甲在阳光下金光闪闪，号角声声，仿佛要破开黑云。

地上血迹凝结，夜晚寒霜冰冷，为了报答皇帝的信任与重用，将军与战士们决定战斗到底。

“杀——”

将士们趁着夜色出城，将敌人杀了个措手不及，一鼓作气、势如破竹，终于平定了叛乱。

逢入京使

岑参

故园东望路漫漫，双袖龙钟泪不干。

马上相逢无纸笔，凭君传语报平安。

注释

龙钟：眼泪流很多，湿漉漉的样子。

译文

东望故乡长安路途何其漫长，眼泪流个不停，两只袖子擦也擦不干。

骑着马和朋友相逢，没有纸笔，只能托朋友捎个口信给家人报平安。

故事

岑参是大唐知名的边塞诗人，大部分时间待在边塞。

唐玄宗天宝八年（749），岑参出任安西节度使幕府掌书记，远离长安的家人，前往边塞发光发热。

在前往边塞的路上，偶遇担任使者的旧友，有一肚子话想让他传达给自己的家人。但两人都匆匆赶路，只能托对方捎口信，让他回长安去向自己的家人报平安。

入京使："我这次回京，带了太多将士们给家属的口信，请你长话短说，长了我也记不住。"

岑参："就告诉他们，尤其是告诉我夫人，我已不再是弱冠少年，变帅了，眼神坚毅，是个气质硬汉了！"

入京使："太长了，说重点。"

岑参："那就说我经过军营的锤炼，人更精干了，去边塞吹吹风，问题不大，不要想念我。"

入京使："好的，我记一下：岑参说，他很想你。"

岑参被晒黑的脸庞变红了。

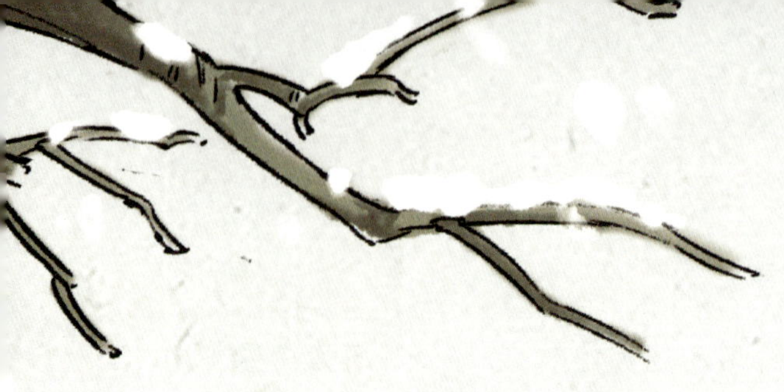

白雪歌送武判官归京

岑参

北风卷地白草折，胡天八月即飞雪。
忽如一夜春风来，千树万树梨花开。
散入珠帘湿罗幕，狐裘不暖锦衾薄。
将军角弓不得控，都护铁衣冷难着。
瀚海阑干百丈冰，愁云惨淡万里凝。
中军置酒饮归客，胡琴琵琶与羌笛。
纷纷暮雪下辕门，风掣红旗冻不翻。
轮台东门送君去，去时雪满天山路。
山回路转不见君，雪上空留马行处。

注释

武判官：姓武的判官，具体人名不详。判官，唐代辅佐节度使、观察使的官吏。

罗幕：用丝织品做成的帐幕。

锦衾薄（bó）：锦衾（qīn），锦缎做的被子。丝绸的被子（因为寒冷）都显得单薄了。形容天气很冷。

都（dū）护：泛指边镇军官。

瀚（hàn）海：指沙漠。

阑干：纵横交错的样子。

中军：主帅的营帐。

辕门：军营的门。

掣（chè）：拉，扯。

轮台：地名，在今新疆维吾尔自治区。

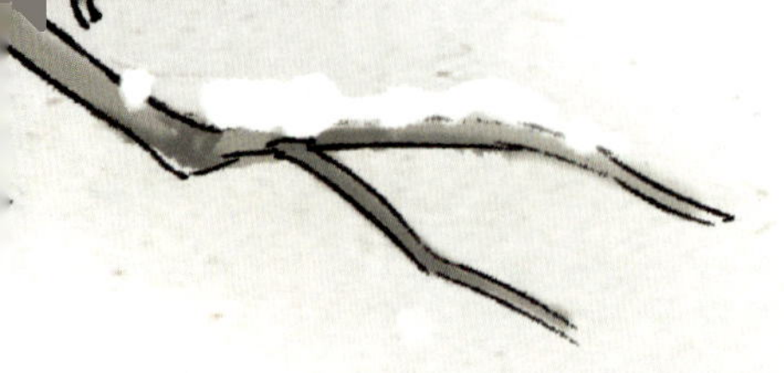

译文

北风呼啸席卷大地，白草纷纷折断，胡地的天空一到八月份就开始飞雪。

如同夜里一阵忽如其来的春风，飞雪落在无数棵树上犹如梨花绽开。

飞雪散落进珠帘打湿了丝织帐幕，狐裘无法保暖，盖上锦绣被子也觉得单薄。

将军的角弓冻得无法拉起，都护的铁甲战衣冷得难以穿上身。

无边的沙漠中到处结着一层层冰，令人忧愁的阴云密布万里长空。

中军主帅帐中摆酒为归去的客人饯行，胡琴、琵琶与羌笛合奏助酒兴。

暮色来临时大雪纷纷落在辕门前，寒气将红旗冻得风也无法翻动。

轮台东门外送阁下回京去，眺望你离去的道路已被大雪覆盖。

山回路转渐渐看不到阁下的身影，大雪之上也只留下一行马蹄印。

故事

天宝十三年（754），岑参再度出塞，担任安西北庭节度使封常清的判官。岑参的前任武判官，正要卸下驻守边关的重担返回京城，而岑参的边塞生涯刚刚开始，在接替、饯别之际，写下了这首诗。

八月的边塞，飞雪连天，如春风一夜吹开千万朵梨花一样，天地皆白。

营帐中的岑参被冻醒，发现角弓、铁甲都冻得硬邦邦的，拉不动也穿不上。

今天要为武判官饯行，于是中军主帅的大帐中将士们摆下宴席，弹奏起助兴的胡琴、琵琶与羌笛。

到了傍晚时分，雪下得更大了。武判官看着这鬼天气，表示差不多该动身了，要不然就大雪封路走不了了。

岑参目送武判官的车驾逐渐远去，嘴里呼出白茫茫的气，心中却是火热的。

“我一定好好接替你的工作，干出一番成绩！”岑参握紧拳头立志。

从军行

杨炯

烽火照西京，心中自不平。

牙璋辞凤阙，铁骑绕龙城。

雪暗凋旗画，风多杂鼓声。

宁为百夫长，胜作一书生。

注释

从军行：为乐府《相和歌·平调曲》旧题，多写军旅生活。

烽火：古代边防告急的烟火。

西京：指长安。

牙璋：古代的一种兵符，此处借指将帅。

凤阙：汉代宫阙名，用以指代皇宫或朝廷。

龙城：汉时匈奴地名，为匈奴祭天之处。这里借指匈奴要塞。

百夫长：军队官职。统率百人的军帅，是武官中最卑微的职位。

译文

烽火将边疆战事告急的消息传到了京城，将士们的内心自然无法平静。

将军拿到兵符离开皇宫前往边疆，精锐铁骑出击围攻敌人要塞。

漫天大雪遮挡了军旗的颜色，狂风大作夹杂着战斗的鼓声。

我宁可做一个军队的百夫长，也胜过当一个没有用的书生。

故事

大名鼎鼎的“初唐四杰”之一杨炯，从小就是神童，十一岁就入选弘文馆，一待就是十六年。

弘文馆是个什么地方呢？类似于大唐图书馆、大唐文学院，一般进来的都是贵族子弟，从弘文馆出来就是朝廷官员，前途无量。

杨炯一开始也是这样认为的。

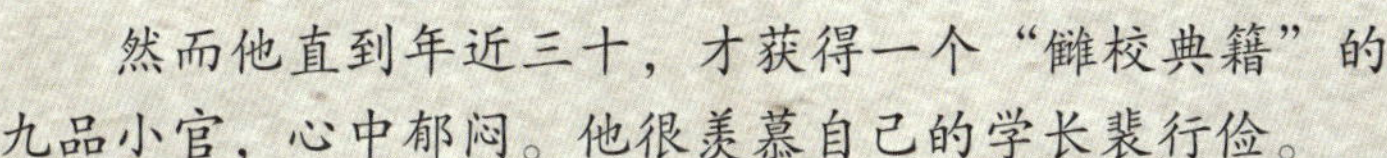

然而他直到年近三十，才获得一个“雠校典籍”的九品小官，心中郁闷。他很羡慕自己的学长裴行俭。

裴行俭是大唐名将榜上排得上号的人物，文武全才，尤其擅长书法，人称“儒将之雄”。裴行俭起初也是弘文馆的书生，因为反对武则天被贬到西域，结果在边疆屡立奇功，并让西域各国心服口服，最终全部归附了大唐。

对于这样的学长、这样的经历，杨炯心向往之。唐高宗调露元年（679），大唐边境遭到侵犯。裴行俭奉命出师的时候，写下了这首诗。“宁为百夫长，胜作一书生。”

实际上，裴行俭见过杨炯，据说他会相面，并给出了杨炯官运不佳、福禄短浅的评价。

后来杨炯的命运确实如此，真是造化弄人。

使至塞上

王维

单车欲问边，属国过居延。

征蓬出汉塞，归雁入胡天。

大漠孤烟直，长河落日圆。

萧关逢候骑，都护在燕然。

注释

使至塞上：奉命出使边塞。

问边：到边塞慰问守卫边疆的官兵。

居延：汉唐以来西北地区的军事重镇。故址在今内蒙古自治区额济纳旗北境。

征蓬：风中飘荡的枯蓬草，诗人王维的自我比喻。

萧关：古关名，又名陇山关，故址在今宁夏固原东南。

候骑：担任侦察巡逻任务的骑兵。

都护：官名，驻守西域地区的最高长官，这里指统帅。

译文

乘坐一辆车出使边关慰问将士，途经西域各个属国过了居延城。

我如飘荡的蓬草般来到边疆，北归的大雁也回到了西域的天空。

大漠之上一缕孤烟升起直上九霄，黄河边上的黄昏落日显得格外圆。

来到萧关的时候遇到侦察骑兵，告诉我唐军的都护已经到了燕然山。

故事

唐玄宗开元二十四年（736），吐蕃发兵攻打唐属国小勃律（在今克什米尔北）。

开元二十五年（737）春，河西节度副大使崔希逸在青涤西大破吐蕃军。唐玄宗命王维以监察御史的身份奉使凉州，出塞慰问边疆将士，并任他为河西节度使判官，让他在边疆发光发热。

王维奉命赴边疆慰问将士，心中却知道这是朝廷看他不顺眼，才找这个理由把他放逐，心里那个苦涩啊。

出塞的路上，只有一辆马车，也没侍从保护自己。王维提心吊胆，风餐露宿，如同随风飘荡的蓬草。

方圆百里都没有客栈或茶馆，甚至连个黑店都没有。王维是过惯了好日子的人，这一路颠簸真是身心疲惫。

“大漠孤烟直，长河落日圆。”

望着边疆的风景，王维感慨：“出差好辛苦，好想回家……”

走马川行奉送封大夫出师西征

岑参

君不见走马川，雪海边，平沙莽莽黄入天。

轮台九月风夜吼，一川碎石大如斗，随风满地石乱走。

匈奴草黄马正肥，金山西见烟尘飞，汉家大将西出师。

将军金甲夜不脱，半夜军行戈相拨，风头如刀面如割。

马毛带雪汗气蒸，五花连钱旋作冰，幕中草檄砚水凝。

虏骑闻之应胆慑，料知短兵不敢接，车师西门伫献捷。

注释

走马川：在今新疆境内。

行：诗歌的一种体裁。

封大夫：封常清，唐朝将领，安西北庭节度使。

轮台：地名，在今新疆乌鲁木齐东区境内。封常清军府驻在这里。

金山：指阿尔泰山。

汉家大将：指封常清，岑参在他的幕府任职。

戈相拨：兵器互相撞击。

五花连钱：指马斑驳的毛色。

草檄（xí）：起草讨伐敌军的文告。

车师：为唐北庭都护府治所庭州，今新疆乌鲁木齐东北。

献捷：献上贺捷诗章。

译文

你未曾见过的走马川就在雪海的附近，一片黄沙漫漫茫茫直入云天。

轮台一到九月就整晚狂风怒吼，满地斗大的乱石头，被狂风吹得到处乱滚。

匈奴草盛马肥野心勃勃，入侵金山西面战马奔走烟尘纷飞，我朝的大将军于是西征出师。

将军身披黄金战甲入睡也不脱，军队半夜行军兵器互相碰撞，冷风吹在脸上如同刀割。

雪花落在跑马身上被汗气蒸发，又很快在斑驳的毛上结成冰，营帐中起草檄文的墨砚都冻得凝固。

敌虏听到我军出师的消息肝胆颤抖，料想他们不敢与我军短兵相接，我就在车师西门等待凯旋的捷报。

故事

大唐将星封常清又将出征，节度使判官岑参豪情万丈，写下这首诗送行。

大将封常清，不得不说他很不一般。从小没爹妈，跟着外公流落西域，他长得丑，脚又有残疾，又黑又瘦个子不高，怎么看也不像个将军。

然而封常清一路努力，不断逆袭。他每天坐在城门楼上读书，积累了广博的文化功底。他敬仰名将高仙芝，主动去拜见。然而，高仙芝哪儿都好，就是喜好面子，看到封常清的长相内心是拒绝的，不行、不行，太丑了，带在身边好丢脸。架不住封常清软磨硬泡，于是让他当了副官。

封常清渐渐展示了自己的文采、口才、气度等闪光点，最终赢得了高仙芝真心实意的欣赏，日渐受重用。他有勇有谋，胆大心细，指挥作战拿下了大勃律，使大唐威名响彻西域。

如今岑参望着封将军瘦小但英勇无畏的身影，内心里比了一个大拇哥：吾辈楷模！

第七章

风雨人生
自己撑伞

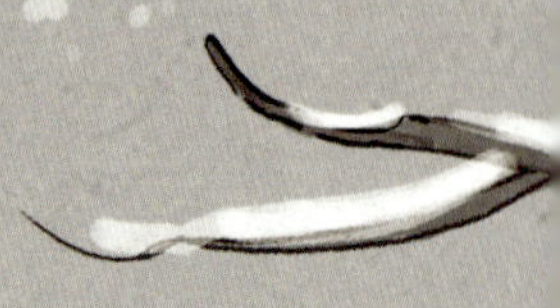

江雪

柳宗元

千山鸟飞绝，万径人踪灭。

孤舟蓑笠翁，独钓寒江雪。

注释

蓑笠翁：穿戴蓑衣和斗笠的老者。

译文

群山之上已无飞鸟的痕迹，所有路上都没有行人的踪影。

江心的孤舟之上，一个老者穿着蓑衣、戴着斗笠，独自在风雪中垂钓。

故事

唐顺宗永贞元年（805），柳宗元参加了“永贞革新”运动，改革很快失败，柳宗元被贬为永州司马，流放十年。官场失意的柳宗元并没有一蹶不振，而是一边钻研学问，一边游历永州山水。

这一日，风雪不止，天地萧瑟。空空如也的江面上，只有一位老人独自垂钓。

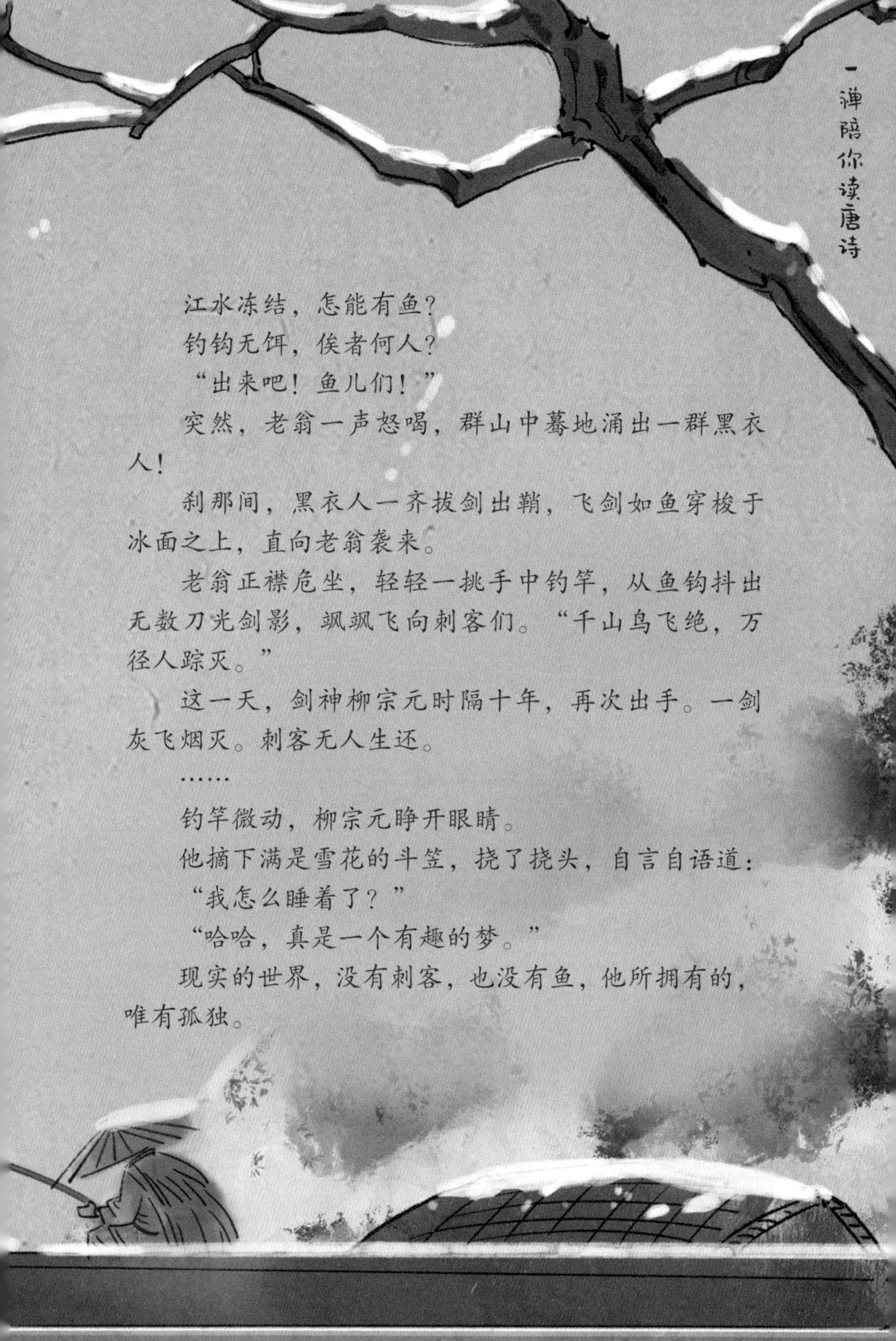

江水冻结，怎能有鱼？

钓钩无饵，俟者何人？

“出来吧！鱼儿们！”

突然，老翁一声怒喝，群山中蓦地涌出一群黑衣人！

刹那间，黑衣人一齐拔剑出鞘，飞剑如鱼穿梭于冰面之上，直向老翁袭来。

老翁正襟危坐，轻轻一挑手中钓竿，从鱼钩抖出无数刀光剑影，飒飒飞向刺客们。“千山鸟飞绝，万径人踪灭。”

这一天，剑神柳宗元时隔十年，再次出手。一剑灰飞烟灭。刺客无人生还。

……

钓竿微动，柳宗元睁开眼睛。

他摘下满是雪花的斗笠，挠了挠头，自言自语道：

“我怎么睡着了？”

“哈哈，真是一个有趣的梦。”

现实的世界，没有刺客，也没有鱼，他所拥有的，唯有孤独。

望岳

杜甫

岱宗夫如何？齐鲁青未了。

造化钟神秀，阴阳割昏晓。

荡胸生层云，决眦入归鸟。

会当凌绝顶，一览众山小。

注释

岱宗：泰山，泰山是五岳之首，诸山所宗，故称“岱宗”。

昏晓：黄昏和清晨。

决眦：眦，眼角。眼睛睁得太大，眼角仿佛要裂开。

译文

泰山风景到底如何？齐鲁大地的青山无边无际。

自然将神奇秀美集中于泰山，山南山北分割黄昏与清晨。

层层云气升腾荡漾我的心胸，极力睁大眼睛眺望那归鸟。

终归要亲自登上最高峰，才能俯瞰在泰山面前显得渺小的群山。

故事

“会当凌绝顶，一览众山小。”

少年诗人杜甫漫游山东，来到巍峨的泰山脚下，只觉得天地开阔，忘记了一切烦恼，心中生起万丈豪情。

“踏世上高峰总要攀，无惧流血流汗，才能看到，最美的风景。”

蜀相

杜甫

丞相祠堂何处寻？锦官城外柏森森。

映阶碧草自春色，隔叶黄鹂空好音。

三顾频烦天下计，两朝开济老臣心。

出师未捷身先死，长使英雄泪满襟。

注释

蜀相：指诸葛亮。

译文

蜀国丞相的祠堂去哪里寻找？就在锦官城外柏树茂盛的地方。

碧草映照着台阶，春天绿意盎然，树上的黄鹂隔着枝叶叫声好听。

刘备三顾茅庐频频询问安定天下的计策，诸葛亮辅佐两代君主鞠躬尽瘁一片忠心。

可叹他出师多次没有获胜自己却先去世，遗憾的人生总让后世的英雄感慨流泪。

故事

杜甫虽然潦倒，但朋友遍天下。晚年长居成都，主要是因为那里朋友多，有人罩。据不完全统计，长期资助他的朋友就有十二位，写进诗里的诗友、酒友、世交等超过五十人，可谓“谈笑有鸿儒，往来无白丁”。

其中最重要的两个靠山，一个叫严武，一个叫裴冕，都当过成都市副市长（成都尹），大力邀请杜甫来成都定居，并给予官职与经济资助。

著名边塞诗人高适在成都期间，也隔三岔五宴请杜甫饮茶喝酒，会友品诗。

有了好友们的帮助和陪伴，漂泊半生的杜甫在成都过上了难得安稳的太平日子。

这一天，杜甫来到武侯祠拜祭诸葛亮。诸葛亮是中国文人的偶像，辅佐刘备，成为千古忠臣典范，令多少后世文人敬仰。

登高

杜甫

风急天高猿啸哀，渚清沙白鸟飞回。

无边落木萧萧下，不尽长江滚滚来。

万里悲秋常作客，百年多病独登台。

艰难苦恨繁霜鬓，潦倒新停浊酒杯。

注释

啸哀：指猿的叫声凄厉。
渚（zhǔ）：水中的小块陆地。
落木：指秋天飘落的树叶。

译文

风吹得急吼吼天空寥廓，听到猿猴哀号声，清澈流水环绕的沙洲上，鸟儿来回飞。

无尽的落叶哗啦啦掉下，望不到尽头的长江水滚滚奔流不息。

面对秋天悲从中来，想我千万里的路途常年作客他乡，大半辈子多病多灾独自登上高台。

人生经历了那么多艰难困苦使我的两鬓发白，穷困潦倒一身疾病再不能端起酒杯。

故事

这一年杜甫五十六岁。虽然“安史之乱”已经结束了五年，可是天下并不太平，为了争夺利益，地方节度使之间互相攻伐，战火不息。

杜甫本来的靠山成都尹严武病逝后，无依无靠的他只能暂时离开成都，买了一艘小船南下寻找出路。

他一路上颠沛流离，疾病缠身，同时患有风痹、糖尿病、疟疾、肺病等，可谓人生艰难。

重阳这天本是亲朋好友相聚一起登山的节日，可是此时的杜甫只有自己一人独自登高。

诗圣心里愁苦，连风声听着都觉得悲伤。

“好想喝杯酒啊！可惜我已因病戒酒。”

“唉，就算没有戒酒，也买不起酒了……罢了，还是再写首诗吧，每写一点，心里的苦就会少一点。”

杜甫这一次孤独的体验，为世人留下了这首“七律之冠”的《登高》。

浪淘沙（其八）

刘禹锡

莫道谗言如浪深，莫言迁客似沙沉。

千淘万漉虽辛苦，吹尽狂沙始到金。

注释

迁客：被贬职调往边远地方的官。

漉：水慢慢地渗下。

译文

不要说谗言如同风浪一样令人恐惧，也不要说被贬之人好像泥沙一样被埋沉。

千万遍的淘选、过滤虽然辛苦，但最终能淘尽泥沙，得到闪闪发光的黄金。

故事

刘禹锡早年官运亨通，一路青云直上，年少得志春风得意。然而后来卷入政治斗争，因为谗言一再被贬。

对于一次又一次的人生逆境，刘禹锡却很洒脱，每到一处都能写下积极向上的诗作，人被贬到哪里就将正能量传到哪里。

这一次刘禹锡被贬到夔州，夔州民间盛行淘金。刘禹锡看到人们淘沙劳作，感慨人生就像淘金，必须经过千淘万漉，坚持不懈，才能得到闪闪发光的金子。

将进酒
李白
君不见黄河之水天上来，奔流到海不复回。
君不见高堂明镜悲白发，朝如青丝暮成雪。
人生得意须尽欢，莫使金樽空对月。

天生我材必有用，千金散尽还复来。

烹羊宰牛且为乐，会须一饮三百杯。

岑夫子，丹丘生，将进酒，杯莫停。

与君歌一曲，请君为我倾耳听。

钟鼓馔玉不足贵，但愿长醉不愿醒。

古来圣贤皆寂寞，惟有饮者留其名。

陈王昔时宴平乐，斗酒十千恣欢谑。

主人何为言少钱，径须沽取对君酌。

五花马、千金裘，呼儿将出换美酒，

与尔同销万古愁。

注释

将（qiāng）进酒：劝酒歌，属乐府旧题。将：请。

高堂：房屋的正室厅堂。

岑夫子：岑勋，隐士。李白好友。

丹丘生：元丹丘，隐士。李白好友。

馔（zhuàn）玉：富丽华贵的美食。

陈王：指曹植，曾为陈思王。

平乐：观名，在洛阳西门外，为汉代显贵的娱乐场所。

译文

你看不见黄河的水仿若从天上浩荡而来，一直奔流到海不再回来。

你看不见高堂对镜悲叹满头白发年华逝去，早上还是青丝到了傍晚如雪一般。

人生得意的时候要尽情享乐，不要让金杯空空荡荡地对着明月。

老天生下我这样有才华的人必然有其用处，千金花完了肯定还会赚回来。

烹羊宰牛让我们姑且作乐，应当痛饮美酒三百杯。

岑夫子，丹丘生啊，请你们赶紧喝酒，不要停下手中杯。

我给你们唱首歌，请你们为我侧耳倾听。

鸣钟鼓、食美味的豪富生活有何珍贵，只希望长久地保持那份醉意不再醒来。

自古以来的圣贤之人都很寂寞，只有爱酒的人留下了美名。

以前陈思王曹植在洛阳的平乐观设下酒宴，豪饮十千美酒尽情欢乐放纵。

主人家何必说钱不够呢，只管把酒端上让我们对饮。

名贵的五花马、千金裘，统统叫小儿郎拿去换美酒，让我们喝个痛快，消解万古不尽的哀愁。

好友元丹丘请客，酒仙李白岂有客气之理。

“丹丘生，酒怎么没了？”

“老李啊，你太能喝了，我自酿的酒都被你喝完了好吗？”

“喝完就去买啊！这都没尽兴呢！”

“我是个隐士啊，酒钱何来啊？”

“来来来，把我的宝马、皮草拿去卖了换酒！”

“真的假的？你别酒醒了后悔啊！”

“这什么话，我是那么小气的人吗？”

小童牵着马，驮上李白的华服出去了，不久就换了一袋钱回来。这一夜，李白和他的两位朋友很是尽兴。

次日，李白被冻醒，惊呼：“我是谁？我在哪儿？我怎么没穿衣服啊？！”

行路难（其一）

李白

金樽清酒斗十千，玉盘珍羞直万钱。

停杯投箸不能食，拔剑四顾心茫然。

欲渡黄河冰塞川，将登太行雪满山。

闲来垂钓碧溪上，忽复乘舟梦日边。

行路难，行路难，多歧路，今安在？

长风破浪会有时，直挂云帆济沧海！

注释

行路难：乐府旧题。

金樽（zūn）：金饰酒具。

斗十千：一斗值十千钱（万钱），形容酒美价高。

珍羞：即珍馐。珍稀美味的食物。

直：同“值”，价值。

投箸：扔筷子。

译文

金杯中的清醇美酒一斗十千，玉盘里的珍馐美食价值万钱。

放下杯子扔掉筷子不想再吃，拔出宝剑环顾四周内心茫然。

想要渡黄河冰雪冻结了河川，想要攀登太行山已白雪皑皑。

闲来无事只能在碧溪上垂钓，忽然如做梦乘船到日边。

人生之路多艰难，人生之路多艰难，总是充满崎岖坎坷，如今又能安身何处？

乘风破浪的日子总会到来，到那时扬起船帆勇往直前渡过沧海！

故事

今天酒席上的李白有些沉默，连美酒都觉得索然无味，他拔出佩剑，心中一片茫然。

李白感慨道："郁闷啊……这种郁闷的心情，就好像想去渡河，河水却结冰，想去爬山，大雪却封山。浑身不得劲啊！"

朋友明白了："你还是对皇上赐金放还的事耿耿于怀。"

"为什么不重用我？我也想为国家做贡献啊！"

"老李，你真认为自己的性格适合从政吗？"

"都说性格决定命运，难道我的性格注定人生艰难？唉，人生之路真难！"

"好吧，没有什么事是酒不能解决的，如果有，再来三杯！长风破浪会有时，直挂云帆济沧海。"

这晚，李白又喝得不省人事。

望洞庭湖赠张丞相

孟浩然

八月湖水平，涵虚混太清。

气蒸云梦泽，波撼岳阳城。

欲济无舟楫，端居耻圣明。

坐观垂钓者，徒有羡鱼情。

注释

张丞相：指张九龄，唐玄宗时宰相。

涵虚：涵，包容。虚，天空。指天空倒映在水中。

混太清：太清指天空。与天空浑然一体。

云梦泽：古代云梦泽分为云泽和梦泽，指湖北南部、湖南北部一带低洼地区。洞庭湖是它南部的一角。

岳阳城：在洞庭湖东岸。

楫：船桨。

译文

洞庭湖八月水暴涨接近水岸，水天一色几乎浑然成为一体。

水汽蒸腾云梦泽白茫茫一片，惊涛骇浪仿佛要撼动岳阳城。

想要渡河波涛汹涌却没有船，闲居在家愧对当今圣明的皇上。

坐着观看垂钓之人悠然自得，我却空有一片羡慕鱼的心情。

故事

孟浩然一辈子都没当过官，但他一辈子都想当官。

跟好友王维刚好相反。王维是官当得越大，却越想隐居。孟浩然是身在山野隐居，心里却想从政。

唐朝的普通人想当官，只有两条路：一是通过科举考试，二是通过权贵举荐。

孟浩然科举考了好几次都没中，于是转换思路，想让贵人引荐，他找到了时任丞相的张九龄。因为张九龄在诗人中官做得最大，在官员中诗写得最好。

话说这一天，四十多岁的孟浩然因为在长安求职久久不成，还遭受权贵的冷嘲热讽，心灰意冷之下回到家

乡，为了散心游玩洞庭湖，面对大江大河，心中豪情万丈。

“自古成大事者，在于百折不挠，坚持不懈！我才受到一点点挫折，怎么能轻言放弃！我这样的人才，宅着不出仕，是对社会资源的极大浪费！看这大好河山，我要为它发光发热！”

于是乎，孟浩然将心中的志向写成了这首《望洞庭湖赠张丞相》，托人转交给了张九龄。然后，就去王维家玩耍了。

孟浩然正在和王维喝茶、谈诗，恰好唐玄宗心血来潮也来找王维闲聊。听到下人的通报，从未目睹龙颜的孟浩然居然吓得躲到了床底下。

王维有意推荐这位朋友，就跟唐玄宗介绍了，结果孟浩然一时紧张，不小心说错了话：“我是被皇上您放弃了，所以才不能做官。”

唐玄宗一脸莫名其妙：“你自己没通过科举，也没人举荐，怪我喽？”这下，印象分直接扣完。

张九龄收到孟浩然的诗，同时也听到了孟浩然面圣不利的消息，心想，用一首诗赢了笔试，却输了面试，太可惜了。真搞不懂，你孟浩然到底是想当官，还是不想当官！

秋词二首（其一）

刘禹锡

自古逢秋悲寂寥，我言秋日胜春朝。

晴空一鹤排云上，便引诗情到碧霄。

注释

碧霄：青天。

译文

自古的文人骚客一到秋天就感伤悲观，我却要说秋天胜过春天。

晴空中一只白鹤破云而飞，便把我的豪迈诗情带到了云霄。

故事

唐永贞元年（805），顺宗即位，有意推行政治改革，整肃宦官，任用王叔文联合刘禹锡、柳宗元等人发动“永贞革新”。然而革新运动遭遇多方势力的阻挠，以失败而告终。唐顺宗被迫退位，王叔文被赐死，刘禹锡被贬为朗州司马，此后在朗州一待就是近十年。

然而刘禹锡并没有意志消沉，颇有随遇而安的乐观主义精神。

“自古逢秋悲寂寥，我言秋日胜春朝。人生嘛，无非就是起起伏伏，只要人还在，总有青云直上的那一天。”

十年过去了……

刘禹锡与柳宗元等人一起奉召回京。然而此后他并没有否极泰来，反而遭受更多贬谪，贬得更僻远，前后共历二十三年。

所以刘禹锡有诗云：“巴山楚水凄凉地，二十三年弃置身。”也是颇有自嘲精神。

宣州谢朓楼饯别校书叔云

李白

弃我去者，昨日之日不可留；

乱我心者，今日之日多烦忧。

长风万里送秋雁，对此可以酣高楼。

蓬莱文章建安骨，中间小谢又清发。

俱怀逸兴壮思飞，欲上青天揽明月。

抽刀断水水更流，举杯销愁愁更愁。

人生在世不称意，明朝散发弄扁舟。

注释

谢朓（tiǎo）楼：在今安徽省宣城市，由南北朝时期的名士谢朓修建。

校（jiào）书：秘书省校书郎，负责朝廷的图书整理工作。

叔云：李白的忘年交李云。

蓬莱：指东汉时藏书的东观。

建安骨：汉末建安时期以曹操父子三人、建安七子等人诗文风格为代表的建安风骨，诗歌特色是明朗刚健、悲凉慷慨。

译文

弃我而去的昨天，不可挽留；

乱我心绪的今天，无限烦忧。

万里长风送走秋天的雁群，面对此景可以在高楼上痛饮。

李云叔，你的文章有东汉文章的遒劲与建安文人的风骨，偶尔也会散发谢朓的清新秀丽。

我们都潇洒不羁壮志凌云，文采风流想要上青天揽月。

抽刀断水只会让水更加奔流澎湃，举起酒杯借酒消愁却让忧愁更强烈。

人生在世总是有不如意的时候，不如披散头发乘坐一叶扁舟逍遥江湖游。

故事

唐天宝十二年（753），距离安史之乱发生还有两年。大唐上下其实都已经嗅出了暴风雨将至的气息。

李白客居宣州，遇到老朋友李云，自然免不了把酒言欢叙叙旧，好酒好菜饯饯行。

李白称呼李云为叔，不过两人没有血缘关系，就是同姓的忘年交。

李云是当时著名的古文家，之前一直担任秘书省校书郎，也就是专门审核校对书籍的。前一年，李云任监察御史时，由于为人耿直刚正，得罪了权贵，被排挤欺压。

两人酣饮之后，更是惺惺相惜，痛骂贪官污吏，感慨时不我与。秋高气爽，登楼远眺，知己相逢，千杯恨少。

"都过去了，那些小人不值得我们挂在心上，云叔，干一杯！"

"没错，大丈夫行走天地间，但求一个光明磊落，问心无愧！干杯！"

酒过三巡，两个热爱文艺的人话题又回到诗文上，开始互吹。

"云叔啊，我看了你现在写的文章，真是不得了！有汉赋的磅礴大气，也有建安风骨的慷慨悲歌，有时候还散发出谢朓那种小清新范儿，和谐又混搭，才华顶呱呱！"

“被你这位诗仙夸，我都不敢接！我对自己那点才华还是一清二楚的。”

“哪有哪有，真的不错！”

“哪里哪里，惭愧惭愧！”

“高手高手，佩服佩服！”

“马马虎虎，一般一般！”

“谦虚谦虚，应当应当。”

“可有什么用呢！伟大的大唐盛世，已经快过去了！”

“嘘——不许你剧透。”

就这么喝着吹着，吹着喝着，两人长啸高歌，抽刀狂舞断流水，借酒消愁愁更愁。

“曾经我们都有梦想，关于诗歌豪情，关于政治清明，关于天下太平昌盛的愿望。如今我们高楼饮酒，杯子碰到一起，都是梦碎的声音！”

“管他作甚，不如散发弄轻舟，逍遥江湖游！”

酬乐天扬州初逢席上见赠

刘禹锡

巴山楚水凄凉地，二十三年弃置身。
怀旧空吟闻笛赋，到乡翻似烂柯人。
沉舟侧畔千帆过，病树前头万木春。
今日听君歌一曲，暂凭杯酒长精神。

注释

酬：此处指以诗回谢。

乐天：指诗人白居易，字乐天。

巴山楚水：泛指四川、湖南、湖北一带的偏僻之地。

二十三年：刘禹锡被贬之后，经过约二十三年才重回京城。

闻笛赋：魏晋时期，向秀怀念老朋友嵇康等，因听到笛声而作《思旧赋》。此处刘禹锡借用这个典故怀念已经逝去的老朋友柳宗元等人。

烂柯人：传说中晋朝有个叫王质的人在山上看仙童下棋，看完对弈后，发现自己手中的斧柄已经腐烂掉，回到家乡，方知早已物是人非。

歌一曲：指白居易的《醉赠刘二十八使君》。

译文

自从遭受贬谪来到巴山楚水这些凄凉的地方，已经度过了二十三年不受重视的时光。

怀念那些已经逝去的老朋友，只能独自吟诵《思旧赋》，等再次回到家乡早已物是人非。

沉没的船旁有无数帆船经过，病倒的老树前头千万树木迎接春天。

今天听到阁下为我写的诗，暂时可以凭借手中这杯酒抖擞精神。

故事

唐宝历二年（826），经历了二十三年贬谪生涯的刘禹锡，终于有机会返回老家洛阳，经过扬州，与老朋友白居易相逢。

刘禹锡与白居易并称“刘白”，互相欣赏，这次久别重逢，自然忍不住写诗相赠。

白居易写下《醉赠刘二十八使君》送给刘禹锡：

为我引杯添酒饮，与君把箸击盘歌。

诗称国手徒为尔，命压人头不奈何。

举眼风光长寂寞，满朝官职独蹉跎。

亦知合被才名折，二十三年折太多。

大意是，你在我心目中是大唐的顶尖人才，却一直不得重用，白白浪费了你的才华和努力，气愤啊！

刘禹锡劝慰老朋友不要为自己难过：

沉舟侧畔，千帆竞发；病树前头，万木争春。从时代的大局看，我一人的失意又算得了什么？大唐还不断有新的人才涌现啊。

“那就干了这一杯，让我们重振精神回乡去！”

左迁至蓝关示侄孙湘

韩愈

一封朝奏九重天，夕贬潮州路八千。

欲为圣明除弊事，肯将衰朽惜残年！

云横秦岭家何在？雪拥蓝关马不前。

知汝远来应有意，好收吾骨瘴江边。

注释

蓝关：指蓝田关，故址在西安市蓝田县城南。

湘：指韩湘，字北渚，是韩愈的侄孙。

一封：指一封奏章，即韩愈著名的《谏迎佛骨表》。

九重（chóng）天：此指朝廷、皇帝。

潮州：一作“潮阳”，今广东潮州潮安区。

瘴（zhàng）江：指岭南遍布瘴气的江流。

译文

早上我写了一份奏章给皇上，晚上我就被贬谪到遥远的潮州。

本想为圣上除去不利的事情，哪会因为年老体衰而吝惜残年！

云层横隔秦岭我的家在哪里？大雪拥堵蓝关连马都走不动道。

你远道而来应明白我此去凶多吉少，正好在瘴气弥漫的江边为我收殓尸骨。

故事

唐宪宗信佛，达到痴迷的程度。

韩愈上奏《谏迎佛骨表》，反对皇帝信佛。

还拿历史上的皇帝举例，说过于迷信佛的皇帝都没有好下场，比如梁武帝。

这封奏章把唐宪宗气得不轻，心想，自己好歹是开创了“元和中兴”的明君，有个宗教信仰招谁惹谁了，你韩愈是不是在诅咒我？

“太过分了！说我过度信佛我认，有话好好说，都好商量嘛！举例证明信佛的皇帝多短命，这是几个意思？韩老头是不是嫌自己命太长？”

唐宪宗本来打算抓住韩愈处以极刑，谁料韩愈人缘不错，朝中大臣纷纷说好话让他没法发作，只好改口道：“来人啊！去找韩愈，让他二十四小时之内滚出长安，滚得越远越好，就去那瘴气弥漫的潮州吧！”

这一年韩愈五十一岁了，他大半生官场不顺，直到五十岁才因为平叛有功升为刑部侍郎，本来可以静静享福等退休，安安稳稳过下半生。可是韩愈看到皇帝信佛，导致上行下效，从王孙权贵到老百姓掀起狂热奢侈的礼佛风潮，严重影响了社会生产与风气。他不希望好不容易出现的中兴气象毁于一旦，就义无反顾地上奏了一封《谏迎佛骨表》。早上上奏完，晚上就接到了贬谪潮州的任命。

于是韩愈只能仓促上路，等走到蓝田关口时，他的侄孙韩湘追了上来。

“韩湘敬佩叔祖父的为人，敢于直言进谏，一心为国为民。我陪您一起去潮州，照顾您起居饮食。”

“老头子只求问心无愧，早已料到这个下场。既然你大老远跟过来，我也知道你的性子。也好，也好，如果我死在潮州，有你帮我收尸，我也死而无憾了！”

“呸呸呸，不许叔祖父胡说！有韩湘在，一定保护叔祖父安全！”

具有讽刺意味的是，唐宪宗一意孤行迎佛骨，结果真让韩愈说中，第二年就暴毙了。

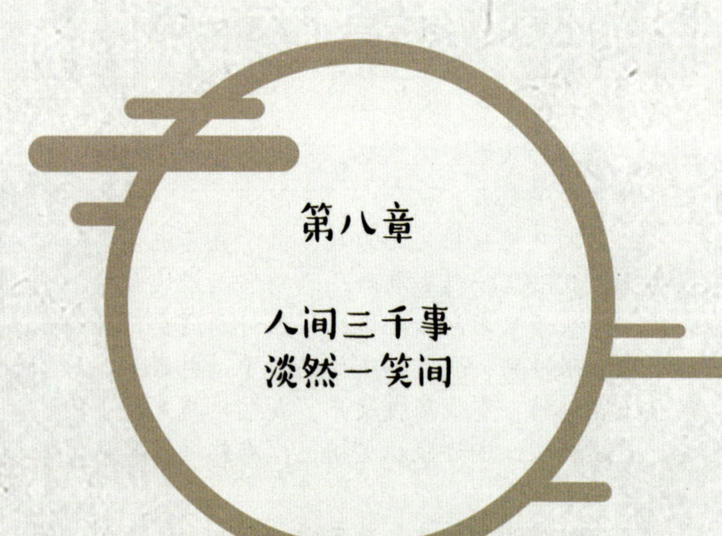

第八章

人间三千事
淡然一笑间

月下独酌（其一）

李白

花间一壶酒，独酌无相亲。

举杯邀明月，对影成三人。

月既不解饮，影徒随我身。

暂伴月将影，行乐须及春。

我歌月徘徊，我舞影零乱。

醒时同交欢，醉后各分散。

永结无情游，相期邈云汉。

注释

及春：趁着春色迷人。

云汉：指银河。

译文

花丛间摆上一壶好酒，独自饮酒没有亲近之人。
举起酒杯邀明月来喝，对着我的影子算作三人。
月亮既然不理解饮酒，只有影子默默跟随我身。
暂且伴随明月的影子，趁着春宵美景及时行乐。

我歌唱时月亮在徘徊，我跳舞时影子变得凌乱。
清醒时一起欢乐，酒醉之后各自分散。
永远结下忘情的交游，我们相约在缥缈的银河。

故事

这一年，李白四十四岁，从他二十四岁出蜀以来，漫游天下结交天下宾朋，可始终实现不了他的抱负，学成文武艺，货与帝王家。

功业未成，何以还家？

喝醉了酒，在花园摇摇晃晃。

长安好繁华，长安好孤单啊。

朋友遍天下，此时无一人在旁。

看到天上的月亮，举杯邀请它对饮。

明月在，影子在，我在。我们三个正好凑一桌斗地主，趁此春宵及时行乐。

清明

杜牧

清明时节雨纷纷，路上行人欲断魂。

借问酒家何处有？牧童遥指杏花村。

译文

每当清明时节阴雨连绵不绝，行走在路上的失意之人仿佛丢了魂。

我想问路人附近哪里有酒家，小小牧童笑而不答指着远处的杏花村。

故事

清明节，冷雨纷纷，青衫落拓的杜牧走在郊外的路上。

一路上遇到扫墓归来的人，脸色带着凄清，仿佛魂儿不在。

“古人有诗：昔我往矣，杨柳依依。今我来思，雨雪霏霏……今天总算体会到这凄凉的心情了……”杜牧心有所念，不知不觉衣衫已被雨水湿透。

“好想找个地方避雨歇脚啊……小朋友，哪里有酒家？”

旁边经过一个赶牛的小牧童，杜牧喊住了他。

小牧童正啃着一块青团，羞赧地笑笑，遥遥指给诗人一个方向。

只见远处翠绿环绕的村落里，隐约在那红杏梢头，挑出了一个酒望子。

早春呈水部张十八员外

韩愈

天街小雨润如酥，草色遥看近却无。

最是一年春好处，绝胜烟柳满皇都。

注释

水部张十八员外：指唐代诗人张籍，排行十八，曾任水部员外郎。

润如酥：细腻如酥油。

译文

长安街上细密的春雨润滑如酥，雨中草色朦胧，远看似有近看却无。

一年之中最美的就是这早春的风光，远胜过满城绿柳的晚春之景。

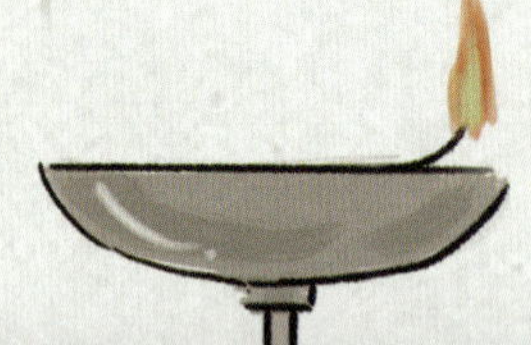

故事

这一年早春，韩愈五十六岁，张籍五十八岁，两位诗人人老心不老，经常闲不住相约一起游玩。

这天韩愈又跑到张籍家："老张，出来玩！赏春喝酒去！"

张籍刚想出门，察觉到丝丝细雨拂在脸上，就说："要下雨啦！雨天还是在家睡觉吧，咱们这把年纪万一感冒可不得了。"

韩愈闷闷不乐地独自踏青，回来故意写了一首诗送给张籍。

"老张亲启：长安一年最美之时莫过于今日早春之景，蒙蒙细雨让人身心舒爽……而这些美景你都错过了！臭老头你不来，我也玩得很开心呢……阿嚏！"

古朗月行

李白

小时不识月，呼作白玉盘。
又疑瑶台镜，飞在青云端。
仙人垂两足，桂树何团团。
白兔捣药成，问言与谁餐？
蟾蜍蚀圆影，大明夜已残。
羿昔落九乌，天人清且安。
阴精此沦惑，去去不足观。
忧来其如何？凄怆摧心肝。

注释

青云：一作“白云”。

瑶台：神话传说中神仙住的地方。

仙人：指仙人望舒，传说中为月亮驾车的女神，借指月亮。

蟾蜍：传说月亮上有三条腿的蟾蜍，古代诗词中常常用蟾蜍指代月亮。

圆影：指圆月。

羿：后羿，神话传说中射下九个太阳的神箭手。

阴精：月亮的别称。

沦惑：沉沦迷惑。

译文

小时候不知道月亮是什么，我就叫它白玉做的盘子。

又怀疑是神仙的瑶台镜子，悬浮在青云之上。

月亮上的仙人垂着两只脚，月亮上的桂树圆圆一团。

白兔在捣仙药，做出来的仙药是给谁吃的呢？

蟾蜍啃食圆圆的明月，皎洁的月儿因此晦暗不明。

后羿曾经射下九个太阳，天界与人间才能清净平安。

如今月亮受到浊气侵蚀已经迷惑不清，离去吧，已没什么好看的了。

心中忧愁又如何？凄凉悲怆摧残我的心肝。

故事

李白有个梦想，那就是为报效大唐而做官。

然而朝廷上下都觉得，做你的诗仙不好吗？你潇洒不羁的个性不适合跨界当官啊……

这首诗写于安史之乱即将发生前。唐玄宗宠幸杨贵妃，爱屋及乌，让杨贵妃的堂兄杨国忠把持朝政，搞得内忧外患，大厦将倾。

李白看到曾经向往的朝廷已变得浑浊黑暗，终于心灰意冷，下决心远离是非之地，图个清净快活。

本是神仙风骨，何必染这尘世间的功名利禄。

不如归去！

李凭箜篌引

李贺

吴丝蜀桐张高秋，空山凝云颓不流。

江娥啼竹素女愁，李凭中国弹箜篌。

昆山玉碎凤凰叫，芙蓉泣露香兰笑。

十二门前融冷光，二十三丝动紫皇。

女娲炼石补天处，石破天惊逗秋雨。

梦入神山教神妪，老鱼跳波瘦蛟舞。

吴质不眠倚桂树，露脚斜飞湿寒兔。

注释

李凭：唐宪宗时期红极一时的宫廷乐师。

吴丝蜀桐：吴地的丝，蜀地的桐。此指制作箜篌的材料精良。

江娥：又称湘娥、江君。上古传说中舜的两位妃子，舜死的时候她们难过啼哭，眼泪流在了竹子上，是为湘妃竹。

素女：传说中上古时代的女神，精通音乐。

中国：这里指京城。

昆山：昆仑山，中国第一神山、万山之祖。

十二门：长安城东西南北每一面各三门，共十二门。

二十三丝：竖箜篌有二十三弦。

紫皇：道教传说中地位最高的神仙，天帝。

女娲：中国神话中的创世女神。

神妪（yù）：《搜神记》中提到的好音乐，能弹箜篌的仙女。

吴质：即吴刚。

译文

秋高气爽时节，吴地的丝与蜀地的桐一起制成这精美的箜篌，山中的行云也因为李凭弹奏箜篌的美妙音乐凝聚不再流动。

江娥听到会泪染竹林，素女听到也会多愁善感，这都是李凭在京城弹奏箜篌的缘故。

昆仑山的美玉破碎，凤凰长声鸣叫，芙蓉在露水中哭泣，香兰露出微笑。

这美妙的音乐融合了长安城十二道城门的清冷之光，二十三根弦拨动甚至打动了天上的紫皇。

想当初女娲补天的地方，因为箜篌的声音石破天惊漏下漫天秋雨。

如梦似幻中仿佛踏入神仙居住的山上，将箜篌的技艺教给仙女，老鱼儿在波涛中跳跃，清瘦的蛟龙也翩翩起舞。

月亮上的吴刚被箜篌声吸引，倚靠着桂树细细聆听，桂树下的玉兔也听得痴迷不在乎露珠斜飞打湿自己。

故事

大唐最红的乐坛明星李凭开始演奏箜篌啦！

迷弟李贺听得如痴如醉，如梦似幻，情不自禁地写下这首满是溢美之词的千古名诗，用今天的话来说就是：

李凭一弹奏箜篌，天上的云都不动了。

昆山玉碎凤凰叫，花儿绽放鸟儿笑。

此曲只应天上有，人间能得几回闻。

凡人听到似神仙，神仙听到也思凡。

李贺流着泪感叹："要是可以录下来该多好！可惜我们这个时代没有摄像机！"

春江花月夜

张若虚

春江潮水连海平，海上明月共潮生。

滟滟随波千万里，何处春江无月明！

江流宛转绕芳甸，月照花林皆似霰。

空里流霜不觉飞，汀上白沙看不见。

江天一色无纤尘，皎皎空中孤月轮。

江畔何人初见月？江月何年初照人？

人生代代无穷已，江月年年望相似。

不知江月待何人，但见长江送流水。

白云一片去悠悠，青枫浦上不胜愁。

谁家今夜扁舟子？何处相思明月楼？

可怜楼上月徘徊，应照离人妆镜台。
玉户帘中卷不去，捣衣砧上拂还来。
此时相望不相闻，愿逐月华流照君。
鸿雁长飞光不度，鱼龙潜跃水成文。
昨夜闲潭梦落花，可怜春半不还家。
江水流春去欲尽，江潭落月复西斜。
斜月沉沉藏海雾，碣石潇湘无限路。
不知乘月几人归，落月摇情满江树。

注释

滟（yàn）滟：水波浮动的样子。

芳甸（diàn）：芳草茂盛的原野。甸，郊外野地。

霰（xiàn）：在高空中的水蒸气遇到冷空气凝结成的小冰粒，多在下雪前或下雪时出现。

汀（tīng）：水边平地，小洲。

青枫浦：又名双枫浦，在今湖南省浏阳市南。
扁舟子：指漂泊江湖的游子。
玉户：形容楼阁华丽，以玉石镶嵌。
捣衣砧（zhēn）：捣衣石、捶布石。
碣(jié)石：地名，位于辽宁省葫芦岛市绥中县。表示距离遥远。
潇湘：潇水与湘江的并称，常泛指湖南。

译文

春江水涨潮与海连成一片，海上升起明月如与潮水共同涌出。
波光随着月色荡漾千万里，没有一个地方的江水没有月光照。
江水宛转流淌绕着原野外，月光照耀花草森林仿佛雪珠闪烁。
空中的月光如同流动的霜，沙洲上的白沙如与月色融为一体。
水天一色看不到一点微尘，皎洁纯净的夜空中一轮明月孤悬。
江畔上是何人初次见到月，江上的月亮又是何年开始照着人？
世人一代代仿佛没有止尽，江上的月亮一年年却总是差不多。
不知道江上月在等待何人，只看到长江水始终不曾停息地流。
白云一片缓缓离开夜空中，只剩下青枫浦上难以消解的忧愁。
谁家的游子今晚乘坐扁舟？什么地方有人在明月楼相思无限？
只可惜在楼顶徘徊的明月，应该照在离去之人的梳妆台才好。
华丽楼阁中帘子无法卷走，捣衣石上的月光也无法擦去踪影。
彼此望着月亮却无法交流，希望追逐月光一同前去照耀着你。
鸿雁怎么飞也飞不出月光，鱼龙在江水上跳跃微波荡出水纹。
昨晚梦见幽静水潭有落花，可怜我春天都过半了还不能回家。
江水与春色一同流逝殆尽，水潭上落下的月影又往西边倾斜。
斜月沉下来藏入海上迷雾，碣石与潇湘之间有着无限远的路。
不知几人能趁着月色回家，落月摇曳着离别之情洒满江边树。

故事

江边，张若虚独自等待。

他看着潮起潮落、月明星稀、灵台清明，内心平静。

也不知道等了多久，也不知道等待的人是否会来。

他思绪万千，想到千古以来，江水始终不停流淌，明月总是那个明月，而人却在更新换代，一代又一代。

他想到游子在外漂泊，思念家乡而不得回。

他想到闺房孤独的女子，望着同样一轮明月叹息。

他想到人世间的悲欢离合，犹如潮起潮落一般周而复始，反复轮回。

他想到历史上的一切在春江花月夜，都如同一场幻梦虚无缥缈。

琵琶行（并序）

白居易

元和十年，予左迁九江郡司马。明年秋，送客湓浦口，闻舟中夜弹琵琶者，听其音，铮铮然有京都声。问其人，本长安倡女，尝学琵琶于穆、曹二善才，年长色衰，委身为贾人妇。遂命酒，使快弹数曲。曲罢悯然，自叙少小时欢乐事，今漂沦憔悴，转徙于江湖间。予出官二年，恬然自安，感斯人言，是夕始觉有迁谪意。因为长句，歌以赠之，凡六百一十六言，命曰《琵琶行》。

浔阳江头夜送客，枫叶荻花秋瑟瑟。
主人下马客在船，举酒欲饮无管弦。
醉不成欢惨将别，别时茫茫江浸月。
忽闻水上琵琶声，主人忘归客不发。
寻声暗问弹者谁，琵琶声停欲语迟。
移船相近邀相见，添酒回灯重开宴。
千呼万唤始出来，犹抱琵琶半遮面。
转轴拨弦三两声，未成曲调先有情。
弦弦掩抑声声思，似诉平生不得志。
低眉信手续续弹，说尽心中无限事。
轻拢慢捻抹复挑，初为《霓裳》后《六幺》。
大弦嘈嘈如急雨，小弦切切如私语。
嘈嘈切切错杂弹，大珠小珠落玉盘。
间关莺语花底滑，幽咽泉流冰下难。
冰泉冷涩弦凝绝，凝绝不通声暂歇。
别有幽愁暗恨生，此时无声胜有声。
银瓶乍破水浆迸，铁骑突出刀枪鸣。
曲终收拨当心画，四弦一声如裂帛。
东船西舫悄无言，唯见江心秋月白。
沉吟放拨插弦中，整顿衣裳起敛容。
自言本是京城女，家在虾蟆陵下住。
十三学得琵琶成，名属教坊第一部。

曲罢曾教善才服，妆成每被秋娘妒。
五陵年少争缠头，一曲红绡不知数。
钿头银篦击节碎，血色罗裙翻酒污。
今年欢笑复明年，秋月春风等闲度。
弟走从军阿姨死，暮去朝来颜色故。
门前冷落鞍马稀，老大嫁作商人妇。
商人重利轻别离，前月浮梁买茶去。
去来江口守空船，绕船月明江水寒。
夜深忽梦少年事，梦啼妆泪红阑干。
我闻琵琶已叹息，又闻此语重唧唧。
同是天涯沦落人，相逢何必曾相识！
我从去年辞帝京，谪居卧病浔阳城。
浔阳地僻无音乐，终岁不闻丝竹声。
住近湓江地低湿，黄芦苦竹绕宅生。
其间旦暮闻何物？杜鹃啼血猿哀鸣。
春江花朝秋月夜，往往取酒还独倾。
岂无山歌与村笛，呕哑嘲哳难为听。
今夜闻君琵琶语，如听仙乐耳暂明。
莫辞更坐弹一曲，为君翻作《琵琶行》。
感我此言良久立，却坐促弦弦转急。
凄凄不似向前声，满座重闻皆掩泣。
座中泣下谁最多？江州司马青衫湿。

注释

左迁：贬官，降职。

倡女：歌女。

善才：当时对琵琶师或曲师的通称，表示高手。

贾（gǔ）人：商人。

浔阳江：万里长江流经江西省九江市北的一段，因九江古称浔阳，所以又名浔阳江。

转轴拨弦：琵琶调音定调。

《霓裳》：《霓裳羽衣曲》，唐代宫廷乐舞，相传为唐玄宗所作。

《六幺》：唐代的传统舞蹈，属于软舞，为女子独舞，又叫《绿腰》《录要》。

嘈嘈：声音沉重抑扬。

切切：急切细碎。

虾（há）蟆陵：在长安城东南，曲江附近，是当时有名的游乐区。

教坊：唐代官办管领音乐杂技、教练歌舞的机关。

秋娘：唐时歌舞伎常用的名字，此处泛指美伎。

五陵年少：泛指王孙贵族子弟。

缠头：锦帛之类的财物。

绡：精细轻美的丝织品，这里指客人打赏之物。

钿（diàn）头银篦（bì）：此指镶嵌着花钿的篦形发饰。

浮梁：古县名，唐属饶州。在今江西省景德镇市，盛产茶叶。

唧唧：叹息声。

呕哑嘲哳：形容声音嘶哑嘈杂。

青衫：唐朝八品、九品文官的服色。白居易当时的官阶是将仕郎，从九品，所以服青衫。

译文

唐宪宗元和十年（815），我遭遇降职来到九江郡做司马。次年秋天某日，我在湓浦口送别友人，忽然在夜里听到船上有人弹奏琵琶的声音。听那琵琶声，铮铮有力似乎有京城流行的音韵。于是前往探问，得知她原是长安的歌女，曾经师从穆、曹两位琵琶大师。如今年老色衰，嫁给了商人。我让人摆下酒席请她尽情演奏。演奏结束后，我见她郁郁寡欢，随后聊起了自己年少欢愉的往事，如今四处漂泊，容颜憔悴，浪迹江湖，心中凄凉。我离开京城被贬到外地两年来，一直悠然自得，忽然被歌女的话打动，这夜才有了被贬谪的悲伤。于是我写了一首长诗赠给她，一共六百一十六字，命名为《琵琶行》。

夜晚我正在浔阳江头送客人离去，听到枫树和荻花被秋风吹得瑟瑟响动。

和客人一起下马到船中饮酒饯别，举起酒杯要喝的时候少了点音乐助兴。

想喝醉也难以尽兴，离别之情苦涩，临别之际只有茫茫江水浸润清冷月光。

忽然听到水面之上传来琵琶之声，我顿时忘了要回去，客人也迟迟不动身。

循着声音暗自追问弹琵琶的是谁，等到琵琶声停了很久也没有人回应我。

我就将船只靠近对方邀请她相见，让人增添美酒摆好灯火重新摆设宴席。

千呼万唤诚心诚意邀请终于出现，那女子依然抱着琵琶遮住了一半容颜。

女子转轴拨弦调整琴弦试弹几声，虽然曲调还没出来却已经有了那氛围。

她弹奏的每一曲都凄凉惹人沉思，似乎在诉说着自己生平的郁郁不得志。

她低眉垂首慢慢开始不停地弹奏，仿佛在尽情倾诉心中无限的往事哀愁。

她的手轻轻合拢慢慢捻动又抹挑，开始弹奏《霓裳》，随后又演奏《六幺》。

大的弦声抑扬顿挫如同疾风骤雨，小的弦声轻快细微好像人在窃窃私语。

嘈嘈切切之声互相交错反复弹奏，就仿佛大大小小的珍珠从玉盘上掉落。

中间有时候如黄鹂鸟在花下啼鸣，有时候又像是幽静的泉水在冰下凝滞。

就像是泉水冰冷干涩弦声渐凝结，凝绝不通畅使得琵琶声渐渐停歇下来。

像暗自生出另外一种幽幽的愁绪，此情此景没有声音反而比有声音更好。

突然间琵琶声如银瓶乍破水迸射，又像是横杀出一队铁骑刀枪之声骤起。

曲终之时拨子从弦索之间轻划过，四根弦齐齐发出一声轰鸣像布帛撕裂。

东边画舫西边船全都变得静悄悄，唯有江心映照着秋月反射出点点白光。

女子沉吟良久放下拨子插入弦中，整顿衣裳站起身来收敛神情露出姣容。

她讲述自己本是京城有名的歌女，老家就住在长安城东南的虾蟆陵一带。

十三岁那年琵琶就已经学有所成，名字排在教坊乐团的头一部出类拔萃。

每次弹奏一首曲子总令高手叹服，每次化完妆之后总是会让美伎都嫉妒。

五陵一带的贵族少年争相送礼物，每次弹奏一首曲子总能收到许多打赏。

精美的钿头银篦用来打拍子而碎，红色的罗裙常常因为打翻的酒而染污。

一年复一年欢声笑语中渐渐度过，春风秋月在季节交替间不知不觉逝去。

后来兄弟离开去从军阿姨也过世，日子一天天过去她的容颜也不再年轻。

渐渐地她门前车马变得稀少冷落，眼看年纪也大了只能嫁给商人做老婆。

商人重视利益而不在乎离别之情，上个月独自出门去浮梁做生意买茶了。

留下她一个人在江口守着这空船，唯有绕着船只的明月映照着江水寒冷。

夜深人静时忽然想起少年的往事，梦中感到伤感涕泪横流弄花粉黛妆容。

我开始听闻琵琶声的时候已叹息，如今听到她说这些话心中更感慨万分。

我们同样都是沦落流浪天涯的人，如今偶然间相逢在此又何必曾经相识。

自打我去年离开京城长安来这里，遭遇贬谪独自居住在浔阳江卧病在床。

浔阳地处僻远听不到像样的音乐，已经一整年没有听到丝竹管弦的声音。

我住在邻近湓江的低洼潮湿之地，家中院子四周长的都是一些黄芦苦竹。

住在这里从早到晚听到的是什么？都是杜鹃鸟和猿猴之类凄凉哀号的叫声。

春江流水花满开或秋月清凉夜晚，也只能自斟自饮百无聊赖地打发时间。

难道说这里就没有山歌和村笛吗？有是有的，可是音调嘶哑杂乱难以入耳。

今晚有幸聆听你弹琵琶演奏乐曲，我的耳朵仿佛听到了仙乐一下有了精神。

还希望你不要推辞坐下再弹一首，我可以为阁下创作一首诗叫《琵琶行》。

女子听了我的话很感动站立良久，最终还是坐了下来转紧琴弦弹出音调。

凄凄冷冷的曲调不再像之前那般，满座听众听了之后都感到伤心而流泪。

要说这些人当中谁的眼泪流得最多？我江州司马白乐天的青衫已被泪打湿。

秋月夜，寒江边。白居易在浔阳江头送别朋友。

正准备告别之际，忽然听到有琵琶之音传来。

白居易循声追寻，原来是另一艘船上有人弹琵琶。

反复邀请了好多次，对方总算出来，竟是一位佳人。

女子当场演奏一曲，演奏得太好了，让白居易肃然起敬。

闲聊之下得知该女子也来自长安，年轻的时候多才多艺又貌美如花，追求她的王孙贵族排成队……

少年时代多么风光快活，然而青春易逝，嫁给一位商人后，聚少离多，饱受分别之苦。夜深人静的时候，想起曾经的人生巅峰，现实的落差让她悲从中来。

“这位旅人，今日萍水相逢，请让我再弹一曲送你。”

白居易默默听着，眼泪不知不觉打湿了青衫。同是飘零天涯的失意人，悲欢离合都在琵琶声中。

夜雨寄北

李商隐

君问归期未有期，巴山夜雨涨秋池。

何当共剪西窗烛，却话巴山夜雨时。

注释

寄北：诗人当时在四川，写诗寄给北方长安的亲友。

巴山：大巴山，泛指巴蜀一带。

译文

你问我何时回家我也说不清，巴山的夜晚下着大雨涨满一池秋水。

何时一起靠窗而坐秉烛夜谈，相互倾诉如今这巴山夜雨时的心境。

故事

由于工作的关系，李商隐独自来到四川生活。

这天收到妻子的家书，问他什么时候可以回去。望着窗外的连绵夜雨，池塘水满，心中满是忧愁。

我好想和你坐在一起，映照着烛火谈心，说一说如今巴山夜雨，轻轻将你揽入怀里。

李商隐不知道的是，此时他的妻子已经病入膏肓，并在不久之后病故。想必妻子是想最后能够见到他一面，才会写信询问消息。

然而这一错过，就是永别。

直到几个月后，李商隐才知道妻子亡故的消息，心如刀割，悲痛不已。正如他的另一首诗所写："此情可待成追忆，只是当时已惘然。"

无题

李商隐

相见时难别亦难，东风无力百花残。

春蚕到死丝方尽，蜡炬成灰泪始干。

晓镜但愁云鬓改，夜吟应觉月光寒。

蓬山此去无多路，青鸟殷勤为探看。

注释

东风：春风。

泪：既是蜡烛油，也指相思泪。

云鬓：女子多而美的头发，这里比喻青春年华。

蓬山：传说中的蓬莱仙山，一作蓬莱。

青鸟：神话中为西王母传递音信的信使。

译文

想要见面不容易分别也很难，春风也会感到无力只能任由百花残败。

春蚕直到死的时候蚕丝才吐完，蜡烛要到烧成灰的时候蜡烛油才会彻底干。

清早看到镜子中的自己只担忧云鬓的颜色会改变，夜晚独自空吟难以入眠感受月光的清寒。

蓬莱仙山近在眼前却不知路径，还请青鸟使者费心多为我去探看。

故事

得知妻子去世的消息，李商隐心灰意冷，只觉得当初要见一面如此困难，如今连好好告别也成了奢侈。

百花凋零，春天逝去，剩下的人生岁月，如同无尽的寒冬冷夜。

怀念着妻子的点点滴滴，眼泪忍不住掉落下来：

“你一定是去了蓬莱仙山，成了无忧无虑的仙女。能否让青鸟来带个音信，让我以后也去那儿找你呢？”

锦瑟

李商隐

锦瑟无端五十弦，一弦一柱思华年。
庄生晓梦迷蝴蝶，望帝春心托杜鹃。
沧海月明珠有泪，蓝田日暖玉生烟。
此情可待成追忆，只是当时已惘然。

注释

锦瑟：装饰华美的瑟。瑟：拨弦乐器，本应二十五弦。

望帝：即杜宇，传说为古蜀国王。有传言说望帝死后化为杜鹃。

珠有泪：传说中南海有鲛人，掉下来的眼泪可以化为珍珠。

蓝田：山名。位于陕西省蓝田县东南，相传此山出美玉。

可待：何必等到。

译文

华美锦瑟不知为何有五十根弦，每一弦每一柱都让我思念最好的年华。

庄周知晓自己在梦里化为蝴蝶，望帝将自己的忧愁哀思寄托于杜鹃。

沧海之上明月照鲛人眼泪成珠，蓝田之上升起旭日暖暖良玉生烟火。

这份感情何必等待将来成追忆，只是当时身在其中就已经惘然若失。

故事

李商隐看见妻子生前喜爱弹奏的锦瑟，陷入对妻子的思念中，神思恍惚，联想起了一些传说……

伏羲让素女鼓瑟奏乐。素女弹奏起来非常悲伤，伏羲听得想落泪，就对素女说：“别弹了，心都要碎了！”

可素女弹得专注没听到，还是继续演奏不止。一个弹得悲伤不已，一个听得痛苦挣扎。伏羲忍不住，一把夺过素女的瑟摔到地上，从此素女原本五十根弦的瑟就成了二十五根弦，所以后世的瑟也都是二十五根弦。

庄周一生潇洒不羁，是个古典浪漫的哲学家。一天，庄周梦见自己是一只蝴蝶，无拘无束地飞来飞去，等醒来之后才意识到，哦，原来我是庄周，而不是蝴蝶。可又一想，他笑了，也可能是蝴蝶梦到了自己是庄周吧！

人生短短几个秋，醒来庸庸碌碌，梦中得休憩。有什么放不下，执着的都是痛苦。不如学学庄周，逍遥天地游。

传说望帝是古蜀国一位国君，后来将国位传给一位治水有功的大臣。谁料那位大臣得了国位，还夺走了自己心爱的妻子。望帝遭受放逐，郁郁而终，最终化为杜鹃鸟，每日哀鸣，祭奠那逝去的爱情。

传说南海有一种鲛人，它们悲伤的时候流下的眼泪就会变成珍珠。

李商隐写下这首诗，觉得自己就是悲伤的素女，也是不愿从梦中醒来的庄周，还是失去爱情的望帝，甚至是一只以泪洗面的鲛人，为情所困，难以解脱。

情深如李商隐，在妻子去世后没几年，他也生无可恋黯然逝去。

第九章

路的尽头是故乡

静夜思

李白

床前明月光，疑是地上霜。
举头望明月，低头思故乡。

床：井栏。

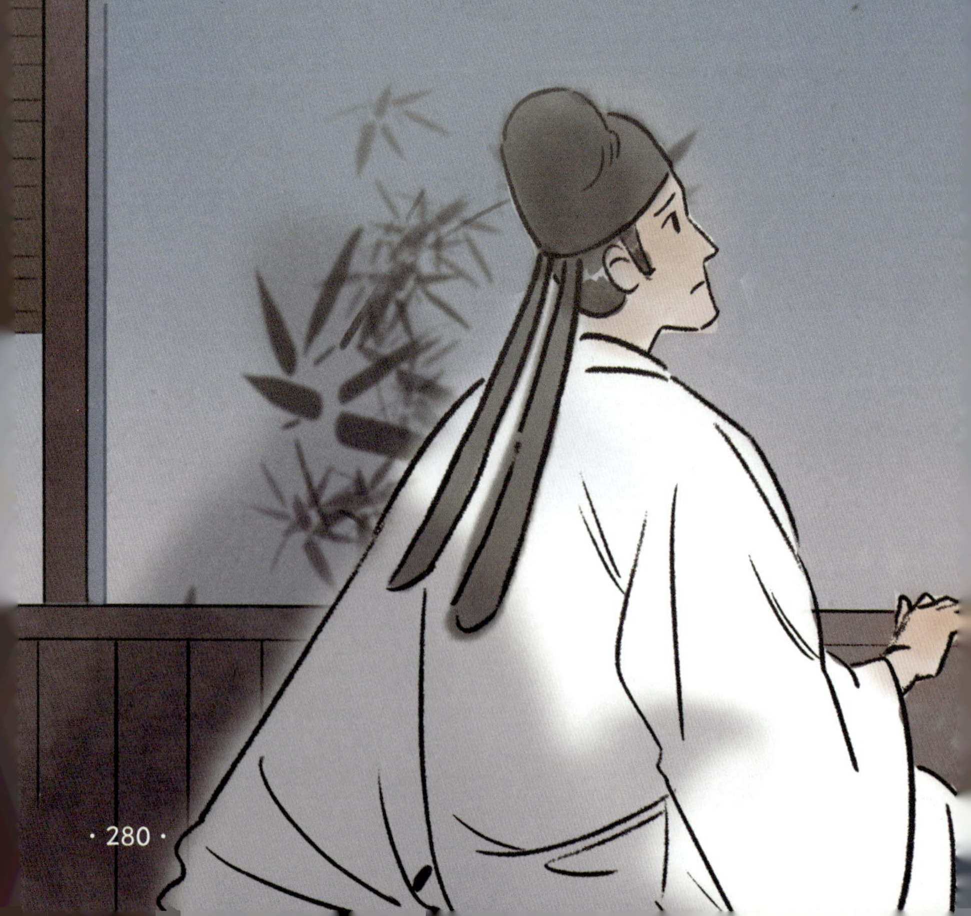

译文

清冷的月光洒入窗户，恍惚中以为是地上结了霜。

抬起头凝望明月当空，低下头不禁想起远方的故乡。

故事

李白在蜀中长大，逛遍蜀中名胜之后，忍不住想看看外面的世界。二十四岁那年，他辞别父老乡亲，仗剑走天涯。

李白的第一个目的地，就是繁华的扬州。他一路游历，一路写下传世诗篇。抵达扬州之后，却因旅途劳累生了一场病。

扬州旅舍里，孤独一人的李白，看到床前月色如霜，不由得思念起了同被明月照耀着的家乡。

游子吟

孟郊

慈母手中线，游子身上衣。
临行密密缝，意恐迟迟归。
谁言寸草心，报得三春晖。

注释

寸草心：寸草，小草，比喻子女。心，语义双关，既指草木的茎干，也指子女的心意。

三春晖：春天灿烂的阳光，指慈母之恩。旧称农历正月为孟春，二月为仲春，三月为季春，合称三春。晖，阳光。

译文

慈祥的母亲手里把着针线，为即将远游的孩子赶制新衣。

临行前一针针密密地缝缀，怕儿子回来得晚衣服破损。

谁说像小草那样微弱的孝心，能报答得了像春晖普泽的慈母恩情？

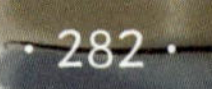

故事

孟郊又一次要去赶考了。母亲连夜在昏暗的灯下缝制衣服,一针一线缝得细密,依然担心儿子穿着不够暖和。

诗人孟郊看着母亲苍老却无比专注的身影，心中一阵感动和酸楚：自己参加科举考试多年却屡屡不中，唯有母亲一直鼓励他，相信他，这次不能再让母亲和自己失望了。

这一年，四十六岁的孟郊终于考中了进士，随后出任溧阳县尉，虽然不算多大的官，但也算是熬出头了。他做的第一件事，就是把远在家乡的母亲接来。

溧水边上，孟郊翘首等待着母亲的到来。

母亲啊，你给我的爱有如春天的阳光那么多，我却只能报答你小草般的孝心。

滴答，滴答，是天下雨了吗?

不，是孟郊落下的泪，滴落在溧水里。

春望

杜甫

国破山河在，城春草木深。

感时花溅泪，恨别鸟惊心。

烽火连三月，家书抵万金。

白头搔更短，浑欲不胜簪。

注释

搔：用手指轻轻地抓。

浑：简直，几乎。

簪：簪子，古代男子用来束发的饰物。

译文

国都沦陷只有山河依旧，春日里的长安城草木深深却满目凄凉。

感慨时局动乱看到花草都流泪，满心惆怅怨恨听到鸟鸣都心惊。

战火连绵不休延续了多月，此时一封家书抵得上万两黄金。

头上的白发增多越挠头发越短，发量稀疏几乎连簪子都插不上。

故事

“安史之乱”爆发，杜甫困在沦亡后的长安已有半年。

杜甫看着镜子中的自己，青丝愁成白发，已经稀疏得无法梳起。想到不知何时才能收到亲友报平安的书信，泪流满面。

“宁做太平犬，不做乱离人。希望国家早日恢复平静，国泰民安。”

九月九日忆山东兄弟

王维

独在异乡为异客，每逢佳节倍思亲。

遥知兄弟登高处，遍插茱萸少一人。

注释

九月九日：农历重阳节，古代有重阳登高的习俗。
山东：指华山以东。
茱萸：一种香草。重阳节身上插戴茱萸可以辟邪免灾。

译文

作为一个羁旅之人独自客居他乡，每到重阳节就格外思念亲人。

我遥想着家乡的兄弟们今日登高，大家都插戴茱萸却少了我一人。

故事

王维老家在河东蒲州（今山西永济），他出身于当时的名门望族——河东王氏，从小精通琴棋书画，是个少年天才。王维十五岁就前往唐朝京城长安，成为一个少年京漂。因为长相柔美又多才多艺，他很快就在长安走红。

这一年重阳节，十七岁的人气美少年王维又受邀来到一帮贵族的聚会，他们请他表演才艺，谈论诗词，众人觥筹交错，欢声笑语。

王维酒过三巡，人在角落，忽然感到格格不入：热闹是他们的，我只是个提供雅兴的过客。

此时他忽然想起：我的兄弟们呀，此时正在做什么？

他们一定像从前那样，头上插着茱萸，一起爬山登高，长啸当歌吧。

于是王维又端起酒杯，一杯敬故乡，一杯敬远方，微笑着想：

我想他们此刻也在想念我，念叨着我的名字吧。

春夜洛城闻笛

李白

谁家玉笛暗飞声，散入春风满洛城。

此夜曲中闻折柳，何人不起故园情。

注释

折柳：即《折杨柳》笛曲，表达离别的忧愁情绪。

译文

谁家的玉笛暗自吹出美妙的乐声，散入春风之中飘满整个洛阳城。

夜深难眠听到《折杨柳》的曲调，有谁会不生起思念故乡的忧愁？

故事

在外漂泊的青年李白客居在洛阳的一处客栈，晚上睡不着，翻来覆去想心事：是在首都再拼一拼，还是回老家继承家产？

忽然听到玉笛声，暗自飘荡在夜空。仔细一听，吹的还是表达离别思乡之情的《折杨柳》，这下戳到了李白的痛点，深夜里，本来就容易脆弱敏感，越发思念家乡：

离开老家不少年，还没闯出名堂。现在不上不下的，回到老家更尴尬。不如再搏一搏，说不定闯出一个名垂千古。

他没有想到的是，让他名垂千古的，不是朝堂之上的功名，恰恰是这些漂泊路上显露真性情的诗句。

回乡偶书

贺知章

少小离家老大回，乡音无改鬓毛衰。

儿童相见不相识，笑问客从何处来。

注释

偶书：偶然随感而发所写。

无改：没变化。一作“难改”。

鬓毛：鬓角的头发。

衰：稀疏，衰减。

译文

年轻时离开家乡一把年纪才回来，家乡口音没有改变，只是双鬓的毛发已经疏落。

家乡的小孩子见了我并不认识，笑着问我：客人，你是从什么地方来的？

故事

贺知章可能算得上唐朝最幸运的诗人了。

他出生在贞观之治后的第十年，正是大唐发展的好时期。家境殷实，他又自小就有诗名。三十六岁离开家乡越州永兴（今天浙江杭州萧山区）进京赶考，一举便高中。

之后贺知章顺利得到第一份工作——“国子四门博士”，相当于国立长安大学的讲师。他人生顺遂，心态也积极向上，在这个岗位上一干就是二十七年。他从不懈怠，爱岗敬业，每天上班埋头工作，下班快乐地搞文艺。性格又好，是文人圈人人都爱戴的老大哥。

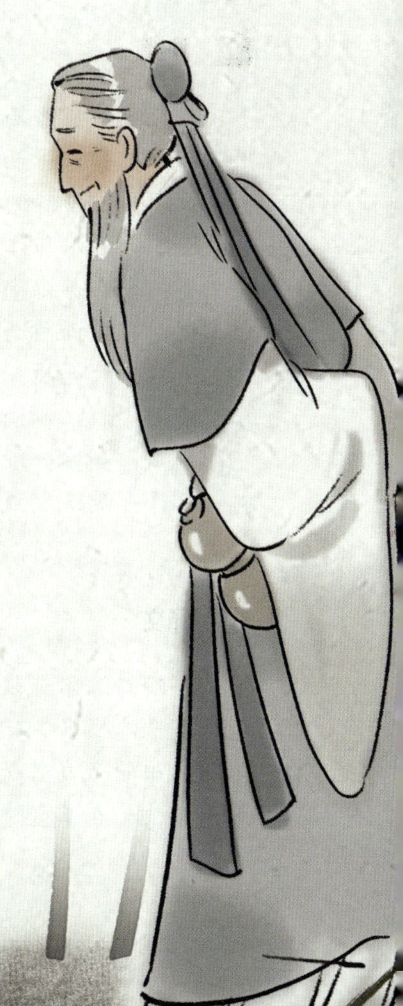

贺知章在长安惬意地生活了五十年，如今告老还乡，唐玄宗亲自写诗为他送行，皇太子率百官饯行，这份殊荣在唐朝可是独一份。

回到家乡的贺知章，已是风烛残年，写下这首《回乡偶书》，不久便与世长辞了。一生到此，可谓圆满。

李白听闻消息，回忆起某年长安初相见，贺大哥摘下贵重的金龟饰品换酒招待他，写下了《对酒忆贺监二首》，怀念这位志趣相投的忘年之交。

芙蓉楼送辛渐

王昌龄

寒雨连江夜入吴，平明送客楚山孤。

洛阳亲友如相问，一片冰心在玉壶。

注释

芙蓉楼：原名西北楼，坐落于长江南岸，故址在润州（今江苏镇江）西北。

辛渐：王昌龄的诗友，本身名气不显，身世不详。

连江：雨水与江水连成一片。

吴：今江苏以南、浙江以北的区域，因春秋时吴国和三国时东吴而称为吴地。

平明：天亮后。

楚山：长江以南也可称为楚地，楚地的山。

冰心：如冰一般纯洁干净的内心。

玉壶：美玉制成的壶，比喻高洁的胸怀与情操。

译文

冷雨与江水连成一片，在夜间洒向吴地。我在天亮之后送辛渐离开，回来的路上独自面对楚地群山。

洛阳的亲友若是问起我，请你告诉他们我的内心纯洁干净，如在玉壶中的冰那样洁白无瑕。

故事

王昌龄出身寒微，二十多岁上嵩山学道，三十多岁才中的进士，然而一直不受重用，被贬为江宁丞，在吴地一待就是八年，所以世称“王江宁”。

这一年他已经五十岁上下了，仕途不顺让他很是压抑，常常借酒消愁。这回难得碰到老朋友辛渐路过吴地，老王在芙蓉楼备下一席，为他饯别。

一夜凄风冷雨，天亮之后又要与友人别离，王昌龄内心感到了一丝凄凉。辛渐临别前问，需要带什么话给洛阳的亲友吗？王昌龄一阵豪爽大笑，我虽不得志，却愿意独善其身，宁可离群索居也不愿受世俗污浊之气污染。如果他们问起我，就说我一如从前，还是那个纯粹的老王！

望月有感

白居易

自河南经乱，关内阻饥，兄弟离散，各在一处。因望月有感，聊书所怀，寄上浮梁大兄、於潜七兄、乌江十五兄，兼示符离及下邽弟妹。

时难年荒世业空，弟兄羁旅各西东。
田园寥落干戈后，骨肉流离道路中。
吊影分为千里雁，辞根散作九秋蓬。
共看明月应垂泪，一夜乡心五处同。

注释

河南：唐时河南道，辖今河南省大部和山东、江苏、安徽三省的部分地区。

关内：关内道，辖今陕西大部及甘肃、宁夏、内蒙古的部分地区。

浮梁大兄：白居易的长兄白幼文，当时身在浮梁（今江西景德镇）。

於潜七兄：白居易叔父白季康的长子，时为於潜（今浙江杭州市临安区）县尉。

乌江十五兄：白居易的从兄白逸，时任乌江（今安徽和县）主簿。

符离：在今安徽宿县境内。

下邽：县名，治所在今陕西省渭南市。白氏祖居曾在此。

世业：祖传田地产业。

寥落：荒芜零落。

千里雁：比喻兄弟们相隔千里，皆如孤雁离群。

辞根：草木离开根部，比喻兄弟们各自背井离乡。

九秋蓬：深秋时节随风飘转的蓬草，古人用来比喻游子在异乡漂泊。九秋，秋天。

自从河南地区经历战乱，关内道路阻隔，百姓饥饿，我们兄弟失散，各在一方。因为仰望月亮心中有感而发，于是随手写下一首诗抒发情怀，寄给身处浮梁的大哥，以及在於潜的七哥，住在乌江的十五哥和在符离、下邽的弟弟妹妹们。

时逢战乱灾荒不止祖业都成空，兄弟姐妹各自漂泊流散在西东。

战争之后田园荒芜没有人打理，骨肉亲人在逃难途中彼此失散。

形单影只如同孤雁离开了雁群，失去根基就像随风飘转的蓬草。

我们一同看到明月都会流眼泪，一夜之间思乡之情五地都相同。

故事

白居易时年二十七八岁，叛军在河南闹事，导致运送粮食的道路被阻隔，饥馑严重。白居易看到百姓流离失所，心痛地想起自己因战火而离散的家庭。

白居易出生于河南新郑，两岁的时候当地遭遇战乱，举家搬到安徽宿州的符离。战乱使得祖上的家业被毁，兄弟姐妹们分散各地，在这同样的明月下，生起浓浓的思念之情。

“亲爱的兄弟姐妹们，多少年没见了，你们还好吗？我这边闹饥荒，希望你们那几个地方无事，都能吃饱。”

“世道太乱，老家的祖业都没了。不知道能在哪里团聚。”

“正所谓否极泰来，我相信一切都会过去的，你们要保重，等待来日团聚。”

就在写完这首诗不久后，白居易得到宣州刺史的举荐，在第二年春天前往长安考中了进士，迎来了人生的转折点。

次北固山下

王湾

客路青山外，行舟绿水前。
潮平两岸阔，风正一帆悬。
海日生残夜，江春入旧年。
乡书何处达？归雁洛阳边。

注释

次：暂时停泊。
北固山：在今江苏镇江北，三面临长江。
风正：顺风。

译文

在青山之外踏上了旅途，一叶小舟在绿水之间。
涨潮之水显得两岸开阔，顺势之风将船帆高悬。
江上旭日在夜色中升起，江南旧年已显露春色。
家乡书信该送到何处去？让北归大雁捎回洛阳。

故事

我叫王湾，是个诗人，出生在北方，常年在江南之地往返。

江南真是个好地方，青山绿水岁月静好，我坐着船儿漂泊在江上，看到黎明前的夜幕中太阳冉冉升起，天快亮了，江水涨潮，风势强劲，船帆鼓起。心中好生快活！

我也想家，想那远方的洛阳。

看到空中有大雁飞过，一会儿排成“一”字，一会儿排成“人”字。

我对大雁喊：“大雁，大雁，能不能帮我把家书捎回洛阳啊？”

只见空中的大雁变换队形，排成了一个“不”字。

早寒有怀

孟浩然

木落雁南度，北风江上寒。

我家襄水曲，遥隔楚云端。

乡泪客中尽，孤帆天际看。

迷津欲有问，平海夕漫漫。

注释

木落：树木的叶子落下来。

襄水曲：在汉水的转弯处。襄水，汉水流经襄阳的一段。

楚云端：长江中游一带云的尽头。

迷津：迷失道路。津，渡口。

译文

树叶纷纷飘落大雁向南飞，北风冷飕飕吹得江面寒。

我的老家就在汉水的转弯处，与楚地的云端遥遥相隔。

思念家乡的眼泪已经流干，遥看天际的孤帆一片来。

迷失了道路渡口想要问路，夕阳下的江水苍茫宽阔。

故事

北风吹，落叶飞。孟浩然出游将要归。他望着长江的水面，思乡的情绪令他度日如年。

孟浩然仕途不顺，四处出游散心。这日将回老家的路上，迷失了道路。夕阳下，他望着茫茫江水心生悲伤，想起当初孔子周游列国无人重用的时候，也曾经在前往楚国的路上找不到渡口，受到两位隐士的嘲笑冷落，如同丧家之犬。

往前一步是黄昏，退后一步是人生。

风不平浪不静心不安稳，一个执念锁住一个人。

“回不去的地方是故乡，到不了的地方是远方。”

商山早行

温庭筠

晨起动征铎，客行悲故乡。

鸡声茅店月，人迹板桥霜。

槲叶落山路，枳花明驿墙。

因思杜陵梦，凫雁满回塘。

注释

商山：山名，位于陕西省商洛市丹凤县商镇。

征铎：挂在马脖子上的大铃铛。

槲（hú）：一种落叶乔木。

枳（zhǐ）：一种小乔木，春天开白花。

杜陵：地名，在长安城南（今陕西西安东南），温庭筠曾自称“杜陵游客”。

凫（fú）：野鸭。

回塘：边沿曲折的池塘。

译文

早起驾车出门去，铃儿叮当响；客行他乡在路上，一心想家乡。

雄鸡打鸣茅草店，明月依然在；行人踪迹板桥上，早春覆寒霜。

槲叶枯萎纷纷落，堆满荒山路；枳花绽放驿站墙，淡白而明亮。

忽而想起昨夜梦，梦中回杜陵；野鸭大雁在曲折的池塘自在游。

诗人温庭筠家世不差，祖上是做过宰相的，本人又文采风流。

只是他恃才傲物，老是讽刺得罪权贵。人到中年之后，因为得罪的人太多，仕途十分不顺。

得罪权贵也就罢了，诗人嘛，不得罪几个权贵都难以称得上清流，但他连皇帝也得罪了。

话说唐宣宗有一次微服出访，听说温庭筠的才名，特意去他住宿的旅馆见他。

然而两个人话语不投机，越说越生气。

“年轻人，莫要这么狂！”唐宣宗惜才，可谁受得了自大狂，当场气得吹胡子瞪眼睛。

“人不轻狂枉少年！要你管，你谁啊？莫非是个司马、长史之类的官？”

“哼，你不妨再大胆点儿猜！”

温庭筠瞄了他几眼，不屑道：“看阁下的面相，撑死也就是主簿、县尉之流。”

唐宣宗心想，胡说八道，我的面相只能是九五之尊！当下拂袖离开：“我看阁下的面相，最多也就做个县尉。”

于是乎，温庭筠被贬为隋县县尉。

如果不是迫于生计，按照温庭筠的个性，还真看不上县尉一职，但他别无选择。

四十八岁的温庭筠披星戴月、跋山涉水，赶往隋县，经过商山。听到鸡鸣声时，已走到一座积满晨霜的板桥上。

看着落叶满山路，枳花开在墙上，别有一番滋味在心头。

回想自己年轻气盛的时候，多么不可一世，如今已近知天命之年，却越发迷茫。

他扳起指头开始数，到底是得罪了谁才导致今天的下场，但数也数不过来，于是长叹了一声：

“做人哪，还是不能太嚣张！”

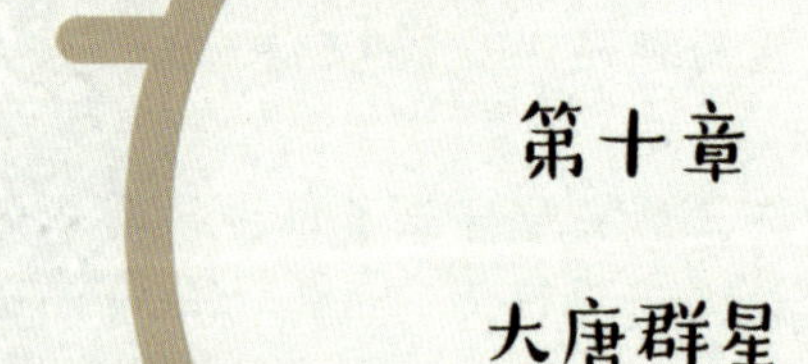

第十章

大唐群星

李白
天生我材必有用

李白是盛唐最好的名片。

电影《妖猫传》借着杨贵妃的口夸道："大唐有你，才是真的了不起。"

如果中国历史上没有李白，不知会失去多少浪漫主义情怀！

唯有大唐盛世的开放包容，才能让李白释放最真挚的情感，留下诸多千古名篇。

李白一生，活得像个少年郎。

超级富二代，生活无忧。一生如同一个游侠，仗剑浪迹天涯，饮酒写下诗篇，足迹踏遍大半个中国。那叫一个红尘做伴，潇潇洒洒。

李白，字太白，出生于公元 701 年。

他的祖籍虽是陇西成纪（今甘肃天水），相传却出生于西域的碎叶城（今吉尔吉斯斯坦托克马克）。幼年的时候，随父亲来到巴蜀之地的绵州昌隆县（今四川江油），度过了无忧无虑的童年与青少年时光。他的个性中既有西域的豪迈洒脱，又有巴蜀的自由自在。

李白受到很好的教育，按照他的《上安州裴长史书》所说："五岁诵六甲，十岁观百家。轩辕以来，颇得闻矣。常横经籍书，制作不倦，迄于今三十春矣。"意思是，他从小博览群书，记忆力又好，妥妥的学霸。

不仅读书好，而且武功也不赖，尤其是剑术，李白自称"十五好剑术，遍干诸侯"，"曾手刃数人"。诗人会剑术，谁也挡不住。

开元十二年（724），二十四岁的李白终于按捺不住内心的呼唤，想要去看看世界有多大，想要施展自己的才华，于是踏上了游历天下的旅程。

他先后去了成都、峨眉山、会稽、扬州、汝州，两年后到达安州，并在安州结识了孟浩然。李白很亲近这位年长一轮（十二岁），同样属牛的老大哥。

有诗为证：

吾爱孟夫子，风流天下闻。
红颜弃轩冕，白首卧松云。

——《赠孟浩然》

孟浩然还给李白介绍了对象，就是前宰相许圉师的孙女许氏。成亲之后，李白在安陆住了下来，一住就是十年。其间他多次拜访长安的权贵，想通过被举荐的方式当官，实现政治抱负。虽然长安的权贵们对李白的诗很是欣赏，但是对于让他做官一事，大家一致地表示需要再商量。这可把李白郁闷坏了，常常在长安的酒肆“举杯销愁愁更愁”，只好自我安慰“天生我材必有用，千金散尽还复来”。

李白爱饮酒，又生性潇洒、仗义疏财，一路游历，朋友遍天下，自然有不少人帮他宣传。一来二去，就认识了贺知章。

作为盛唐诗坛当仁不让的老大哥，贺知章非常爱才，喜欢提携后辈。他看过李白的《蜀道难》，大呼这是个“谪仙人”，不在乎李白比他小四十多岁，欣然结交，相谈甚欢。

有一天，俩人喝得尽兴了才发现都没带买酒钱，贺知章二话不说，解下代表官品身份的金龟，换取美酒佳肴招待李白，留下了“金龟换美酒”的美谈。

通过贺知章的举荐，李白终于如愿，见到了唐玄宗李隆基，成为宫中供奉翰林。这一年，李白四十一岁。

所谓供奉翰林，其实没有官品，相当于现在有编制的艺术家。李白的主要职责，是在皇帝高兴的时候写诗文记录愉快的宴席氛围。这种工作李白虽然干得不错，其实内心不是很乐意。他总觉得自己有政治才能，想要一展抱负治国平天下，只是得不到机会施展。

由于放浪不羁，李白经常得罪唐玄宗身边的红人，渐渐地，他在宫中混不下去了，最终被皇帝“赐金放还”，意思是，给你点钱，爱去哪儿玩就去哪儿玩吧，宫中和朝廷不适合你。

李白回想当初奉诏入京，曾春风得意地写下“仰天大笑出门去，我辈岂是蓬蒿人”。

时过境迁，竟被赐金放还，他心灰意冷，又写下“安能摧眉折腰事权贵，使我不得开心颜”。性情中人，毫不掩饰喜怒哀乐。

天宝三年（744），李白离开长安，来到东都洛阳，遇到了“诗圣”杜甫。两位大唐传奇诗人，终于见面了。此时的李白四十三岁，杜甫三十二岁，年轻的杜甫对于李白的敬仰之情犹如滔滔江水连绵不绝，又犹如黄河泛滥一发不可收，写下不少表达倾慕的诗篇。

与杜甫分别之后，李白去了长安城内的紫极宫，授了道箓，正式成了一名道士，算是完成了他一直以来求仙访道的心愿。

之后的日子，李白又像年轻时一样，游历山河大地，遍交四方友人。

李白的第一段婚姻是入赘许家，妻子许氏病逝后，李白过得不痛快，就带着儿女离开了安陆，移居山东。

山东是李白家族主要的定居地，他在堂弟的介绍下，娶了当地一位姓刘的女子为妻。

好景不长，“安史之乱”爆发后，李白携家带口往南逃难。

三年后，李白只身提剑前往永王军营，表达了要为国立功的情怀（也有说是永王胁迫的）。总之，因为在永王李璘的幕府做事，在永王与肃宗争夺帝位的一系列政治权力斗争失败之后，李白受到牵连入狱，后被长流夜郎。

一生起起伏伏，李白也早就看开了。本以为此去流放必然回不来，谁知道在流放到白帝城的时候，居然收到了朝廷的特赦令。李白欣喜若狂，赶紧从白帝城返还，一天不到就来到了江陵，途中写下著名的《早发白帝城》：

朝辞白帝彩云间，千里江陵一日还。
两岸猿声啼不住，轻舟已过万重山。

之后的几年，李白一直在江南漂泊，由于战乱的关系，他变得穷困潦倒，从前一掷千金的日子一去不复返，恍如前世旧梦。不得已，只好投奔在当涂做县令的族叔李阳冰。

一年后，即宝应元年（762），李白病重，他预感大限将至，最后一次喝了个痛快。

这一生，如梦幻泡影，一场盛唐的诗歌幻梦，落幕了。

从此世上无诗仙，人间不复有李白。

《旧唐书》对李白的死，只记载了一句话："后遇赦得还，竟以饮酒过度，醉死于宣城。"

杜甫

民间疾苦，笔底波澜

“文章憎命达”这五个字，太符合杜甫的一生了。

杜甫很小的时候，他的母亲就去世了，小小年纪的他被寄养在了姑母家。姑母家条件还是相当不错的，官宦世家、书香门第，杜甫在此丰衣足食、不愁吃喝。他打小就聪明，读书又刻苦，七岁能写诗，是远近闻名的神童，得到很多长辈的欣赏。

杜甫的青少年时期，基本处于盛唐时代，整个人也是意气风发，满怀雄心壮志。

二十岁的时候，杜甫前往吴越之地漫游，一玩儿就是两三年。随后两次参加科举考试，都没有中。当时的杜甫并没有很失落，觉得以自己的才华，以后有的是机会当官。

当时杜甫父亲在兖州当司马，杜甫就到兖州一带生活。

杜甫像他的偶像李白一样，旅游、交友、饮美酒，过着“裘马轻狂”的快意生活。这期间他写下名篇《望岳》。

“会当凌绝顶，一览众山小”，写的就是杜甫这个时期的自信与激情。

天宝三年（744）四月，杜甫在洛阳与李白相遇，两位盛唐的大诗人一见如故，相逢恨晚，酒逢知己千杯少。更是结伴遨游，踏遍青山，一路结交志同道合之人。其间还遇到了著名的边塞诗人高适，三人组队，继续高歌继续喝。这段时间是杜甫最快乐的日子。

杜甫写了不少表达对李白崇拜之情的诗：

> 昔年有狂客，号尔谪仙人。
> 笔落惊风雨，诗成泣鬼神。
> ……
>
> ——《寄李十二白二十韵》
>
> 李白斗酒诗百篇，长安市上酒家眠。
> 天子呼来不上船，自称臣是酒中仙。
>
> ——《饮中八仙歌》

天宝四年（745）秋，李白和杜甫在兖州分别，李白继续漫游，杜甫前往长安求取功名，两人从此分别，余生再也没有见过面。这之后，杜甫迎来了命途多舛的人生下半场。

天宝六年（747），三十五岁的杜甫参加唐玄宗举办的临时科举，结果因为奸臣李林甫的一系列令人作呕的操作，那一届竟然一个人都没有入选。

心目中神圣公正的朝廷，竟然会搞这么一出闹剧，给了有心报国的杜甫一记沉重的打击。

更糟糕的是，父亲过世令他从此缺乏经济来源，杜甫的日子越来越窘迫。只能靠给贵族写诗赚些饭钱，据说他曾经摆摊卖药。

杜甫客居长安十年，日子过得一天不如一天。其间得到过一个县尉官职，但杜甫不愿意做这种小官。后来朝廷任命他为右卫率府兵胄曹参军（负责看守兵器装备）。这些小官的俸禄不足以支付一家人的开支，杜甫每天都在为家里的生计担忧。当初到处旅游的公子哥，如今成了天天要愁下顿饭的中年大叔。最艰难的时候，小儿子活活饿死了。

这一杜甫人生中最悲剧的时段，使他感受到了百姓生活的不易、权贵的奢靡自私。悲天悯人的一代诗圣从苦难中诞生了。

杜甫为百姓发声，写下了著名的“三吏”与“三别”：《石壕吏》《新安吏》《潼关吏》《新婚别》《无家别》《垂老别》，反映了老百姓在各种压迫与剥削之下饱受煎熬、朝不保夕的苦难生活。这让我们后世人看到了另一个角度的大唐，原来所谓的盛世，只是权贵的盛世，供养着盛世的底层百姓却处于水深火热之中。

杜甫之所以伟大，是因为他放下了个人的荣辱得失，看到了天下人的生活不易。

天宝十四年（755），“安史之乱”爆发。杜甫开始了颠沛流离、居无定所的生活。

“安史之乱”爆发第二年的六月，潼关失守，唐玄宗仓促逃往成都，随后太子李亨即位，为唐肃宗。

这时杜甫带着全家已经躲到鄜州（今陕西富县）避难，一听到肃宗即位的消息，只身北上投奔，途中被叛军俘虏，押送到了长安。估计叛军也没把杜甫当一回事，看守比较松懈。杜甫逮到机会逃了出来，继续投奔唐肃宗。

唐肃宗见到杜甫如此不惧艰险来投奔，很是感动，立刻封他为左拾遗。官职虽然不大，却是皇帝身边的近臣，可谓重视。

这一年，杜甫四十五岁，在仕途上勉强算是实现了多年的梦想。

然而不久之后，好友房琯战败，杜甫因竭力帮房琯说话而得罪了唐肃宗，此后一再被贬。平心而论，从房琯事件可以看出杜甫并不适合从政，因为这次战败从头到尾就是个闹剧加悲剧，房琯的责任无可推卸，杜甫因为私情想帮朋友脱罪，确实不合适。

此后的日子，杜甫越发心灰意冷，内忧外患之下，身体也是多病多灾，据不完全统计，晚年的杜甫患有高血压、中风、糖尿病、疟疾、肺病、失聪、白内障等疾病，消瘦得形容枯槁，能活着已是奇迹。

然而杜甫令人感动的地方也在于此，尽管自己贫病交加、命途多舛，却始终希望天下太平，人民安居乐业：

> 安得广厦千万间，大庇天下寒士俱欢颜！风雨不动安如山。
>
> 呜呼！何时眼前突兀见此屋，吾庐独破受冻死亦足！
>
> ——《茅屋为秋风所破歌》

如果天下人都能过好日子，自己冻死又何妨？！此等胸襟与境界，无愧“诗圣”之名。

四十七岁的时候，杜甫厌倦了朝政腐败，辞官前往僻远的秦州（今甘肃省天水一带）。后来好友严武帮他在成都的浣花溪畔建了一座草堂，让他来定居。于是杜甫带着全家前往四川，在严武手下做参谋，又在朝中领了个检校工部员外郎的虚职，所以后人又称杜甫为杜工部。

在成都过了几年还算安稳的时光，随着严武去世，杜甫一家又离开了成都，于唐代宗大历元年（766）到达夔州（治今重庆奉节），买了四十亩果园，全家一起种植劳作，日子倒也有声有色。

这个时期是杜甫创作的高峰期，大量传世名作如《春夜喜雨》《茅屋为秋风所破歌》《蜀相》《闻官军收河南河北》《登高》等都出自此时。尽管年迈多病，却始终壮心不已，对大唐和百姓充满热爱与期待。

大历五年（770），杜甫已经五十八岁了，经历了两年的漂泊生活，坐船来到了耒阳，不幸遭遇洪水所困，病情加重去世。

一代诗坛巨星，最终在漂泊的船上停止了漂泊的一生。

纵观杜甫一生，快乐的时光是短暂的，悲痛的时候占大多数。

然而正是因为那些悲痛，才产生了许多不朽的诗篇。

“国家不幸诗家幸，赋到沧桑句便工。”

杜甫，正是沧桑诗人最好的典范。

孟浩然

众所周知，杜甫是李白的头号粉丝，写了十多首诗赞美李白，而李白只是客套地回了两首。

李白最喜欢孟浩然，现存的《李白全集》中，就有五首是李白写给孟浩然的诗，可见诗仙对这位大哥的崇拜之情。

这五首分别是《赠孟浩然》《春日归山寄孟浩然》《黄鹤楼送孟浩然之广陵》《淮南对雪赠孟浩然》《游溧阳北湖亭望瓦屋山怀古赠同旅》。从诗名可见两人没少在一起痛饮三百杯，携手共遨游。

孟浩然的性格很可爱，想到啥说啥，又常常仗义疏财助人为乐，所以很容易结交朋友，王维那么一个清心寡欲的人，也和他是很好的知己。

少好节义，喜振人患难，隐鹿门山。

——《新唐书·孟浩然传》

孟浩然比李白和王维大十二岁，出生于唐睿宗永昌元年（689），湖北襄阳人，家里有屋有田，衣食无忧，逍遥自在，有资本。常常“春眠不觉晓”——睡到自然醒，但他是个爱读书、学剑术的富二代。相比李白、杜甫、王维，孟浩然还是幸运的，他的一生没有经历“安史之乱”，又生长在大唐盛世，所以人生中除了想当官没当成，于是游山玩水、隐居山林之外，没什么大的挫折与烦恼。

孟浩然是唐朝山水田园诗派的代表人物，与王维常合称“王孟诗派”。因为一辈子没当官，又常常住在山里，所以人称“孟山人”。

早年的孟浩然对当官没兴趣，觉得自己的小日子过得挺好的。他的父亲一心希望他考科举出人头地，可他却说“文不为仕”，我学诗词歌赋不是为了当官的。后来他在家听父亲唠叨心烦，就搬到了鹿门山隐居，写了不少关于鹿门山的诗，逐渐形成了自己的创作风格。

在鹿门山期间，他爱上了一位身世可怜的歌女。他非常了解父亲，知道父亲肯定不会允许他娶一位歌女，所以没跟家里商量就直接拜堂成亲，结婚生子了。没想到他父亲也是牛脾气，死活不同意，干脆连儿子都不见了，气得生病去世。

父亲的去世让孟浩然很是愧疚，于是离开了鹿门山，为了实现父亲的遗愿而四处游走。

孟浩然之后的十几年，一直在沿着长江流域遨游，一路拜访名流权贵，希望可以获得被举荐的机会，完成父亲让他出仕的心愿，然而钱和精力花了不少，却没有什么效果。这让他很受挫，只好又隐居了一段时间，此时他的诗中满是失落。

收获也不是没有，漫游期间，他认识了不少志趣相投的好友，比如李白、王昌龄、王维等诗人。

他跟李白一样，不想考科举，希望得到贵人的赏识举荐自己当官。

唐朝有个风气，就是写诗写得好的，隐居隐得有名气的，都能得到朝廷官员的举荐。于是孟浩然两者都尝试了，可都没结果。

无奈之下，孟浩然最终妥协了，以将近四十岁的年纪，第一次前往长安参加科举。前后考了两次，都落第了。

难受啊，感觉每条路都走到死胡同了。

于是乎，抱着最后一搏的心态，孟浩然将心中的志向写成了《望洞庭湖赠张丞相》，托人转交给了当时的宰相张九龄。

张九龄这边还没动静，孟浩然竟然先遇到了皇帝。

话说某天孟浩然在王维家中做客，恰好唐玄宗心血来潮，也去找王维闲聊，孟浩然一听皇帝来了，顿时吓得躲在了床底下。

王维有意举荐孟浩然，就跟唐玄宗说，诗人孟浩然也在，于是孟浩然只能硬着头皮出来见皇帝。

也不知道孟浩然是被吓到了，还是那天喝多了，当皇帝问他最近写了什么诗时，他却拿出了这么一首：

北阙休上书，南山归敝庐。
不才明主弃，多病故人疏。
白发催年老，青阳逼岁除。
永怀愁不寐，松月夜窗虚。

——《岁暮归南山》

其中的“不才明主弃”一句，让唐玄宗很是生气，说我怎么就放弃你了？你这阴阳怪气的是什么意思啊？

孟浩然更紧张了，冷汗直冒，半天说不出一句话，直接让皇帝把印象分扣完。据说张九龄本来收到孟浩然的诗很是欣赏，打算举荐来着，听闻这件事也不敢触皇帝龙须了。

孟浩然的仕途，也在这次偶然碰到皇帝的事件中，彻底断绝了。

所以真搞不懂，孟浩然到底是想当官，还是不想当官，也许他的内心深处确实不是真的想出仕。

其实断了念头也好，从此以后孟浩然彻底放弃当官的想法，反而乐得清闲自在。

之后，孟浩然离开了长安，从此放飞自我、纵横江湖，一路游经襄阳、洛阳，来到吴越之地，到处走走看看，感受各地风土人情，吃吃喝喝、自由自在。

其实后来他还有过好几次出仕的机会，不过他都拒绝了，可见经历过偶遇唐玄宗事件之后，他是真的认清了自己的本心，完全放弃了仕途。说到底，他可能就是为了完成父亲的遗愿才努力争取当官的，最终还是拗不过自己的牛脾气。曾经有个叫韩朝宗的官员主动邀请孟浩然，表示会把他举荐给一些贵人，孟浩然当时正在和人喝酒，就很牛气地表示不去，把韩朝宗气得够呛。

任性的人生不需要解释。

在求官这件事上，孟浩然比李白洒脱多了。

开元二十六年(738),孟浩然四十九岁了,在家乡隐居,登山泛舟、走亲访友，生活的趣味，一一体现在诗作中。

故人具鸡黍，邀我至田家。
绿树村边合，青山郭外斜。
开轩面场圃，把酒话桑麻。
待到重阳日，还来就菊花。

——《过故人庄》

快到知天命的年纪，他终于彻底认清了自己，了解了自己。

要不然怎么说人这一生最难了解的，其实是自己呢。

兜兜转转大半辈子，才明白初心无非就是自由自在地活着。

可惜这样的生活没过多久，就在这一年的夏天，他患上了背疽，卧病在床。

经过两年的调养医治，孟浩然背上的疽好不容易即将痊愈，却发生了一件因为任性而丢掉性命的事。

开元二十八年（740），孟浩然的老朋友王昌龄在贬谪的路上经过襄阳，作为东道主的孟浩然当即表示要好好请他吃一顿，于是大鱼大肉都摆上。酒逢知己千杯少，喝得忘乎所以，完全不在意大夫说他这个病要忌口，不能吃鱼鲜。

结果乐极生悲，王昌龄离开没几天，孟浩然旧病复发，这次彻底要了老命，享年五十一岁……

不知道王昌龄知道这个消息后，会是怎样的心情。

王维听说孟浩然的死讯，哭得很伤心。写了一首《哭孟浩然》，纪念这位任性又潇洒的老朋友：

故人不可见，汉水日东流。

借问襄阳老，江山空蔡州。

孟浩然死后，王维经过郢州时，因思念孟浩然，在刺史亭画了孟浩然的画像，并称其为浩然亭，可谓情真意切。

孟浩然这一生，说是隐士又非隐士，真亦假时假亦真，虚虚实实分不清。时而任性，时而真诚，活得像个老小孩，而又江湖气浓郁，半生追求功名，最终找回了自己的本心。

扁舟泛湖海，长揖谢公卿。

且乐杯中物，谁论世上名。

——《自洛之越》

这首诗很能体现孟浩然的人生境界，那种微妙的悠然自得。

旷达有趣，自成一派，确是个妙人。难怪连李白、王维，都深深被其吸引。

看取莲花净，应知不染心。

——《题大禹寺义公禅房》

孟山人，恭喜你找到了自己的不染心，明白平凡才是最终的答案。

王维

王维和李白是同年出生的。

一个诗佛，一个诗仙，生活在同一时代，有共同好友孟浩然，还跟同一个女子玉真公主传过绯闻，然而似乎彼此一生都未曾见过，说来也是挺微妙的。

王维人淡如菊，温润如玉，喜好修禅静坐；李白豪迈不羁，潇洒放浪，喜好仗剑天涯。

这两人在大唐的开元盛世，就仿佛一静一动的两面，反映着那个开放包容的时代，百花齐放的精彩。

王维的出身很好，父亲是名门望族河东王氏，母亲是高门大族的博陵崔氏。那个年代极其看重背景，王维可谓含着金钥匙出生，是赢在起跑线上的幸运儿。

王维的母亲崔氏是个虔诚的佛教徒，而且擅长绘画，对王维的影响很大。据说王维母亲生他的时候，梦见佛教中的在家菩萨维摩诘居士，所以给孩子取名王维，字摩诘。维和摩诘在梵语中是清净无垢的意思，而王维长大以后确实有洁癖，唐代冯贽编的《云仙杂记》中说他："性好净洁，地不容浮尘，日有十数扫饰者，使两童专掌缚帚，而有时不给。”意思是，王维不能忍受地上有浮尘，每天都要十几个人洒扫，两个童子专门扎扫帚，都供应不及。

王维长得也很帅，史书特意提到他是个美男子。

薛用弱《集异记》里面提到王维的长相用了八个字：妙年洁白，风姿都美。可想而知，他是一个白白净净、面容清秀、身材修长的贵公子形象。

王维从小接受顶级的贵族教育，琴棋书画无一不精通，《唐才子传》说王维："九岁知属辞，工草隶，闲音律。"小小年纪诸多才艺，其中最出色的是文辞、书法，以及音律。

九岁的时候父亲去世，身为长子的王维便承担起了家族的期待，十五岁就前往长安发展，希望可以打入京城的王公贵族圈子。独自京漂的日子不好过，经常思念远方的家人，那首著名的《九月九日忆山东兄弟》，就是写于十七岁那年，重阳节的长安。王维和他的弟弟王缙感情非常好，后来王维在安史之乱时期做了叛军的伪官，就是他弟弟死保他才得以不被追究。

王维不负众望，虽然性情是人淡如菊，不过凭借出身高贵、长相柔美、诗画双绝，又擅长弹琵琶，很快就在长安走红，当时的王公贵族开宴会，都以能请到王维而自豪。

唐玄宗开元九年（721），年方二十岁的王维就中了进士，他的第一份官职是太乐丞，主要负责朝廷礼乐方面的事宜，虽然有些大材小用，倒也很适合他。不过工作过程中，王维犯了一次错误，得罪了唐玄宗（伶人舞黄狮事件），直接被外放到了济州做粮仓保管员。

这让王维感到伴君如伴虎，官场真的处处充满陷阱。

好在不久之后唐玄宗泰山封禅，大赦天下，让王维又回到了朝廷。随着好友张九龄成为宰相，王维也在官场步步高升，受拔擢为右拾遗，随后调任监察御史。

然而好景不长，奸臣李林甫逐渐受到皇帝重用，甚至成为宰相，其不断排挤构陷张九龄，朝廷内外一片乌烟瘴气。王维也被放逐，以监察御史身份从军，出塞，兼任凉州河西节度副大使崔希逸幕府的判官。出塞期间，写下不少脍炙人口的边塞诗，比如《使至塞上》：

单车欲问边，属国过居延。
征蓬出汉塞，归雁入胡天。
大漠孤烟直，长河落日圆。
萧关逢候骑，都护在燕然。

王维对朝政渐渐感到有心无力，日益消沉，三十岁的时候，他的妻子不幸去世，这使他避世出离之心越发强烈。他开始每日潜心修佛，半隐半仕。他在长安城外的辋川山谷搭建别墅园林，一有空闲就去那里参禅打坐，亲近山林，写下不少具有禅意和画意的山水田园诗。

王维许多流传后世的山水田园诗，都是出自这个时期的辋川别业。

空山新雨后，天气晚来秋。
明月松间照，清泉石上流。
竹喧归浣女，莲动下渔舟。
随意春芳歇，王孙自可留。

——《山居秋暝》

空山不见人，但闻人语响。
返景入深林，复照青苔上。

——《鹿柴》

独坐幽篁里，弹琴复长啸。
深林人不知，明月来相照。

——《竹里馆》

王维就这样参禅修佛寄情山水，明哲保身与世无争，算是舒舒服服地过了许多年安稳日子，直到“安史之乱”的爆发。

又是那个熟悉的时间，天宝十四年（755）年底，安禄山起兵叛乱，号称二十万大军，到了次年六月，攻入长安，朝野震惊。

这一年王维都五十五岁了，不知是身体弱跑不动，还是他平时太佛系，对时局不够敏感，没有跟着唐玄宗一起逃亡，就被叛军俘获了。安禄山知道王维的名气大（盛唐时期王维比李白、杜甫都要红），派人将他拘禁在菩提寺，希望他能在自己手下当官，出面安抚长安城的官员百姓。

王维一度拒绝，故意吃让自己拉肚子的药谎称有病在身，年老体衰，请安禄山放过自己。可是王维毕竟有文人的软弱性，因为怕死，最终还是做了伪官，在安禄山手下当了给事中。

这件事给王维无垢的一生留下了抹不去的污点，尽管可以理解，但总归在道义上有所欠缺。

后来唐军收复长安、洛阳，肃宗秋后算账，其他伪官基本上都被处以死刑。到了王维这里，因为他弟弟王缙平叛有功又舍身力保，再加上王维在“安史之乱”时期写过一首叫《凝碧池》的诗，表达了对安禄山的愤怒与对唐王朝的思念之情，才算留下了性命：

万户伤心生野烟，百僚何日更朝天。
秋槐叶落空宫里，凝碧池头奏管弦。

人生最后的几年，王维反而官运亨通，在唐肃宗时期做到尚书右丞，所以世称“王右丞”。

不过此时的王维早已不在乎功名利禄了。

在人生的最后两年，一直以出世之心过着入世生活的王维，好像一下想通了，他将自己的辋川别业捐给朝廷做了寺院，将自己的田地粮食分发给穷困的百姓与灾民，然后竭尽所能照顾家里人，尤其是自己的弟弟王缙一家。

临终前不久，他还见了不少老朋友，比如他的最后一首诗《送邢桂州》，写的就是送老朋友邢济前往桂州上任，看诗的内容，精气神相当不错：

铙吹喧京口，风波下洞庭。
赭圻将赤岸，击汰复扬舲。
日落江湖白，潮来天地青。
明珠归合浦，应逐使臣星。

唐肃宗上元二年（761），王维写书信向亲朋好友一一辞别，在无病无灾的情况下，在家安然离世，享年六十岁。传说当时是在打坐入定中微笑而死，似乎来这红尘走一遭，终于悟到了生命的真谛。

王维早年曾有个聪慧的儿子，可惜因病早夭，后来妻子也伤心过度逝世，自从妻子死后，三十年未曾续弦，一心向佛。

他这一生，说热闹是真热闹，繁花锦绣、盛唐气象都经历过，说孤独也是真孤独。

他来人间走一趟，就像是来体验荣华富贵只是一场虚妄，体验爱恨别离不过是痴人说梦，人间总是充满遗憾与污浊，领悟到苦集灭道，诸行无常，功成名就、风清云游又如何？不过都是执念而已。

王维最终不再留恋红尘的一切，坦然离去。

诗佛，再见。

李商隐

大唐第一情诗高手

李商隐最为著名的就是他的爱情诗，后人在抒发情感中的细腻时刻，总是免不了会想到他的诗。比如：

相见时难别亦难，东风无力百花残。
——《无题》（相见时难别亦难）
此情可待成追忆，只是当时已惘然。
——《锦瑟》
身无彩凤双飞翼，心有灵犀一点通。
——《无题》（昨夜星辰昨夜风）

李商隐自称有皇家血统，不过外界并不承认。多半与刘备的中山靖王之后一样，已经不可考证。

他的父亲李嗣在浙江当县令，李商隐三岁就跟随父亲前往浙江生活。十岁的时候，父亲病逝，作为家中的长子，李商隐很早就体验到了生活的艰苦。年少的李商隐靠给人抄书和舂米赚点家用，同时也利用抄书的机会勤奋读书，苦练书法，加上自己的堂叔教授经文，到十六岁的时候，以一手好字与出色的文采闻名于世。

李商隐年少时就是个多情少年，十六岁的时候去玉阳山学道，遇到了一位叫宋华阳的女子，一见倾心。修道没修好，倒是一颗春心萌动，情窦初开。宋华阳是一位公主的侍女，当时那位公主也在玉阳山学道，宋华阳需要侍奉公主，并不是那么自由。只要一有机会，两人总会见面聊天，情投意合。然而伴随着公主下山，这段感情最终无疾而终，身为侍女的宋华阳并没有办法自由地追求爱情。

后来，李商隐写下了《月夜重寄宋华阳姊妹》《赠华阳宋真人兼寄清都刘先生》等祭奠这份未曾开始就骤然离去的爱情。

著名的“身无彩凤双飞翼，心有灵犀一点通”所描述的，也许是当初他们俩心有灵犀、有缘无分的心情。

下山后，李商隐感慨自己身份寒微，便立志改变一切，前往洛阳寻找机会。在洛阳，李商隐用古文写下了《才论》《圣论》两篇文章，顿时在洛阳文坛一炮打响，震惊了许多前辈。当时的“文坛一哥”白居易看到这两篇文章之后，被惊艳到了，一打听李商隐才十六七岁，更是连连感叹，夸他是文曲星下凡，甚至说：“将来我死了以后，要是投胎能做李商隐的儿子就知足了。”

传说后来白居易去世之后，李商隐生了一个儿子，想起白居易曾经的赞美之词，还真的把孩子取名叫“白老”，算是圆了白居易一个心愿吧。

白居易的一番夸赞，引来了李商隐的另一位贵人——令狐楚。令狐楚历任汴州刺史、宣武军节度使、户部尚书、河东节度使等重要官职，政绩出色，是“牛李党争”中牛党的重要人物。

令狐楚非常欣赏这个小伙子，不但资助他读书，还亲自教导写作，并让自己的儿子好好关照李商隐，让家里人经常带李商隐去吃点好的，还叮嘱他好好准备科举考试，将来在官场上也更好提携。

李商隐虽然才华出众，然而考运不佳，赴京应举两次都落第，这让他心情变得烦躁不安，甚至抱怨令狐家族的人没有在朝中帮他。其实，除了李商隐自身在考场没发挥好的可能性之外，很大一种可能，是因为他在“甘露之变”后，写了不少文章抨击宦官乱政，引发掌权宦官对他的压制。李商隐的贵人兼恩师令狐楚也因为厌恶宦官擅权，多次上疏请求解职，主动离开长安做了山南西道节度使。

开成二年（837），李商隐二十四岁，这次在令狐家族上下奔走帮他举荐下，考中了进士，不过朝廷没有给予官职。这一年，享年七十二岁的令狐楚在任上过世。年底，李商隐追随令狐楚的灵柩回长安，深感悲痛地写下《奠相国令狐公文》，表达对这位恩师贵人的感激与尊敬：

圣有夫子，廉有伯夷。浮魂沉魄，公其与之。
故山巍巍，玉溪在中。送公而归，一世蒿蓬。

由于掌权的宦官阶层看李商隐不顺眼，留在长安始终得不到机会，于是李商隐去了甘肃，进入泾原节度使王茂元的幕府，受到信任与重用，甚至娶到了王茂元的女儿。

然而问题就出在这儿。

前文说过，令狐楚是“牛李党争”中牛党的重要代表人物，而李商隐的岳父王茂元，却是李党的骨干之一，在朝中也是令狐家族的死对头。

李商隐这一行为，对于令狐家族的人来说，无异于背叛。

《旧唐书》中令狐楚的儿子令狐绹有一段评价李商隐的话，说“以商隐背恩，尤恶其无行”。这也成了后世不少人指责李商隐背信弃义、人品不佳的证据之一。

不管怎么说，令狐绹对李商隐的失望与痛恨，是可以肯定的。

我们不便猜测李商隐是出于怎样的考虑选择投奔王茂元，又做了人家女婿，凭良心说他和令狐家族相处多年，不可能不清楚自己这一行为代表的含义。如果仅仅从政治前途上的站队来说，这成了李商隐悲剧人生的重要伏笔。

因为母亲过世，李商隐在家守孝三年，等三年之后回来，发现朝廷已经是牛党的天下了。

王茂元的背后靠山，是唐武宗时期的宰相李德裕，然而唐武宗去世，唐宣宗即位第二天，就免去了李德裕的宰相之职，将他外放。此后一再贬迁，李党至此失势，朝野大惊。

与此同时，牛党掌握了朝政，当初遭受李商隐背叛的令狐绹升任了宰相。

雪上加霜的是，李商隐的岳父王茂元在平定叛乱时病故了，使他失去了政治上的依靠。

这下李商隐的仕途算是到头了，令狐绹对李党之人一再打压贬黜，对李商隐，自然更不会放过。

此后经年，李商隐的日子过得越来越难，屡屡遭受朋党打击，一再寄人篱下，辗转在各地的幕府当中打杂，过着颠沛流离、没有希望的打工日子。才三十多岁的他，常年在外，日子越来越穷困潦倒，事业毫无前途，精神上饱受摧残。

之后，他写了一首诗给令狐绹，希望看在当年令狐楚的面子上，放过自己吧，顺便提拔一下自己。

曾共山翁把酒时，霜天白菊绕阶墀。
十年泉下无人问，九日樽前有所思。
不学汉臣栽苜蓿，空教楚客咏江蓠。
郎君官贵施行马，东阁无因再得窥。

——《九日》

令狐绹显然还对这位小兄弟耿耿于怀，觉得我爹那么喜欢你，你却背叛我们，现在想回头，不可能。

大中五年（851）初夏，李商隐的妻子王氏病逝。李商隐与妻子感情相当好，留下不少表达思念与恩爱的诗文，尽管聚少离多，靠着书信传情，一直以来都是彼此精神的寄托。

妻子去世的时候，李商隐并不知情，当时他刚好收到妻子的来信，还回了一首著名的《夜雨寄北》。

然而这一错过，就是永别。

直到好几个月后，李商隐才知道妻子亡故的消息，心如刀割，悲痛不已。

正如他的另一首诗所写，“此情可待成追忆，只是当时已惘然”。

李商隐大部分传世之作，以男女爱情、相思为题材，情感真挚细腻，富有意境与想象力，大多数都是在表达自己常年奔波在外对妻子的思念之情。

对于妻子，李商隐是抱有许多愧疚之情的，愧疚于自己没有给予她幸福的生活，作为一个千金小姐，反而跟着自己受苦了。

此后，李商隐越发心灰意冷，渐渐对佛教产生兴趣，与僧人多有交往，甚至一度想要出家为僧，对于仕途成功不再抱有一点希望。

由于“牛李党争”，李商隐一生不得志，人生之中聚少离多，求不得，爱别离，逐渐对政治生活丧失了热情，最后辞官在家闲居。

没过几年，在唐宣宗大中十二年（858），李商隐在家乡沁阳病故，享年四十五岁。

他的好友崔珏在《哭李商隐》一诗中是这样喟叹的：“虚负凌云万丈才，一生襟抱未曾开。”

杜牧
十年一觉扬州梦

提起杜牧，常常会提到另外两个人：一个是杜甫，两人称为“大小杜”；另一个是李商隐，两人合称“小李杜”。

杜牧和杜甫有什么关系吗?

杜牧生活在晚唐时期，生于公元 803 年，杜甫生于公元 712 年，两个人相差近一百岁，除了都姓杜，其实没什么交集。

然而追本溯源地讲，杜牧和杜甫多少有点沾亲带故，往上推祖先都是西汉时期著名的酷吏杜周。他们这位祖先在司马迁的《史记·酷吏列传》中有记载，是个出了名的狠人。

再往下就是西晋时期灭吴的名将杜预，杜预的三儿子杜耽一脉繁衍生息，有了杜甫这个后代；杜预的四儿子杜尹，是杜牧的直系先祖，所以按照族谱，杜甫勉强还算是杜牧的太爷爷，当然，血缘关系已经很疏远了。

后人之所以把他们放在一起说，主要是因为杜甫是盛唐时期的代表诗人，而杜牧是晚唐时期的代表诗人，恰好都姓杜，就叫“大小杜”。

至于杜牧和李商隐，两人都是晚唐时期的著名诗人，便合称“小李杜”。杜牧比李商隐大十岁，有意思的是，这两人也沾亲带故。

杜牧有个堂哥，叫杜悰，是唐宪宗的驸马爷，做官做到宰相，位极人臣，而这位杜悰，同时也是李商隐的表哥。不过杜牧出身名门望族京兆杜氏，爷爷是三朝名相杜佑，是典型的贵族公子哥。李商隐虽然自称皇室后裔，不过没人承认，从小过着穷困的苦日子。从后来的故事来看，显然杜牧没有把李商隐放在眼里。

李商隐写诗送给杜牧，想要结交，杜牧却不以为意。

这首诗名为《杜司勋》，全文如下：

高楼风雨感斯文，短翼差池不及群。
刻意伤春复伤别，人间惟有杜司勋。

杜牧曾经任过“司勋员外郎”，所以李商隐称其为“杜司勋”。这最后一句，“人间惟有杜司勋”可谓把杜牧夸上了天，按照现在的话说，是典型的彩虹屁。然而杜牧不为所动，这让李商隐很尴尬。

其实杜牧不理睬李商隐的原因，固然有其出身高贵、心高气傲的成分在，更主要的是“牛李党争”。李商隐的岳父是李党的人，而杜牧和牛党的“老大”牛僧孺私交甚厚，为了避嫌，自然不会理睬李商隐。

《唐才子传》中记载：“牧美容姿，好歌舞，风情颇张，不能自遏。”

杜牧这个人，用现在的话说，是个腹有诗书气自华、潇洒不羁、风流倜傥的翩翩公子。

杜牧二十三岁作出千古名篇《阿房宫赋》，技惊四座，流传甚广，读书人看了都说好，就连当时的太学博士吴武陵都成了他的粉丝。吴博士甚至主动找到时任主考官的礼部侍郎崔郾，强烈推荐杜牧，说这样的人不当状元多可惜！

不过崔郾表示，前四名的名额都已经被更有背景的人预定了，我得罪不起，就给个第五名吧。

后来放榜出来，杜牧果然是第五名。

杜牧一辈子，得益于出身，没吃过什么苦，性格比较直，爱憎分明，有话直说，再加上生性洒脱风流，其实不太适合官场。所以他虽然自负有王佐之才，可是抱负一直得不到施展。

大和七年（833），杜牧在淮南节度使牛僧孺的幕府做掌书记（相当于办公室主任），处理一些文书，工作轻松，有许多空闲时间在扬州潇洒。

其实杜牧在扬州待的时间满打满算也就两年，不过他太喜欢扬州，写下不少诗篇，所以后人总把扬州和杜牧捆绑在一块儿。

此处选择两首有代表性的诗，看后你就能明白他当时过着怎么样的神仙日子了。

青山隐隐水迢迢，秋尽江南草未凋。
二十四桥明月夜，玉人何处教吹箫。

——《寄扬州韩绰判官》

落魄江南载酒行，楚腰纤细掌中轻。

十年一觉扬州梦，赢得青楼薄幸名。

——《遣怀》

扬州最出名的地方就是秦淮河两岸的娱乐场所。

杜牧也没少逛，他的上司牛僧孺心里清楚，不过也任由他放飞自我，只是让士兵暗中保护，防止他喝高了遇到歹徒。

后来杜牧要回长安，临别时牛僧孺劝他回京城以后收敛一点，不要总是放浪形骸。杜牧听了不太高兴，说我哪里浪了？

于是牛僧孺拿出一个箱子，里面满满的都是士兵暗中保护杜牧之后，写给牛僧孺的工作日志——平安帖。杜牧看了很不好意思，也很感动，流下了眼泪，觉得牛僧孺真够意思，表示以后会好好做事，少去玩乐。

然而江山易改，本性难移，天性风流的杜牧到哪里，总会有风流韵事发生。

就在离开扬州回京城之前，杜牧途经湖州，遇到一个惊为天人的少女，被迷得神魂颠倒。他当即找到女孩的母亲，说自己想要娶她女儿，不过自己要回长安，而且这个姑娘才十来岁，希望可以等他十年。后来杜牧在朝廷中官做得还可以，希望可以调到湖州去做刺史，可是朝廷迟迟不许。直到十四年后，杜牧已经四十七岁了，终于如愿以偿被派到湖州，等他兴冲冲地找到当初那家人，发现姑娘早就已经结婚生子了，不禁叹息自己还是来晚了。毕竟人家姑娘，不可能为了一个风流才子的诺言一直等下去吧。

为此杜牧写了一首诗祭奠这段遗憾的感情：

自恨寻芳到已迟，往年曾见未开时。
如今风摆花狼藉，绿叶成阴子满枝。

——《叹花》

你可能会觉得杜牧就是一个只知风花雪月的情圣浪子，其实他在政治、军事上很有才干。

杜牧与牛僧孺私交匪浅，可在政治上更认同李德裕的主张和方向。

他既非牛党，也非李党，只是希望为朝廷做事，解决晚唐的一些积弊，比如藩镇问题，也提出过军事策略，得到宰相李德裕的认可与采用。史载，李德裕平泽潞之叛，用的就是杜牧的策略。

李德裕对杜牧的才干是高度认可的，但对于他的为人却很不喜欢。

因为李德裕本身不喜好饮酒作乐，对声色犬马很是厌恶，对于杜牧风流不羁的个性很是看不惯，再加上杜牧和牛党老大感情很好，免不了猜疑他。

所以杜牧这一生最大的烦闷与压抑，就是在朋党之争中左右难做人，最终落得一身才华无用武之地。

后来杜牧被贬到黄州做刺史，到任三年就把黄州治理得井井有条，上下心悦诚服，深受百姓爱戴。可以看出他确实有政治才干，只是一直以来都得不到位于权力中心者的信任，大多数时候不是在幕府，就是做一些闲职，无法实现治国平天下的理想，实在可惜。也许，政治上的郁郁不得志，才是杜牧纵情风花雪月的主要原因。

大中五年（851）秋，杜牧已经四十八岁了，在湖州做了一年刺史，完成了多年的心愿，他似乎一下子苍老了许多。这一年，他最亲爱的弟弟杜𫖮病逝，灵柩停在扬州，他要将弟弟的灵柩接回家乡安葬。杜牧离开湖州，经过扬州，泊秦淮河时看到两岸的秦楼楚馆繁华依旧，歌舞升平，不禁有种前尘如梦的恍惚。

想到自己曾经的荒唐岁月，恍如隔世。

他知道自己这一生已足够幸运，出身、颜值、才华、资源……除了在仕途上没能发挥最大的能力，其他一切他都拥有了。

停在秦淮河边，看着一度辉煌的大唐王朝，如今沉浸在一种颓靡放纵的自我麻醉中，他仿佛已经预感到，积弊已久的唐王朝，已非一两个能臣可以拯救。以他的眼光，其实在年轻的时候，就早已洞察到这个朝代的结局。他总想做点什么去改变，比如一直向朝廷反映藩镇割据的危害，他担忧国家最终会因为藩镇问题陷入毁灭。可是他能做的一切，都是那么无力。

大中六年（852）冬，杜牧为自己写下墓志铭，却一字未提自己最为留恋的扬州。不久，他病重离世，享年四十九岁。

就在同一年的冬天，一个灭亡唐王朝的人出生了，那个人的名字，叫朱温。

公元 907 年，唐昭宣帝禅位于藩镇宣武军节度使朱全忠，唐亡。大唐最终亡于藩镇。

白居易

人得自己成全自己

白居易，他很真实，对待自己的欲望无比坦诚。喜欢钱也好，喜欢美色也好，都坦坦荡荡地写进了诗里。一个对自己欲望极度诚实的人，其实是很有魅力的。

李白仙气飘逸，杜甫忧国忧民，王维、杜牧出身高贵，都跟普通人的生活有距离，而白居易的人生经历和性格变化都很接地气，有许多可以引发普通人共鸣的地方。

他的人生很有戏剧性，前期玩了命地出人头地，中期玩了命地为苍生请命，后期却是玩了命地玩。

在他所处的大时代下，他看不惯很多社会弊病，曾经试图改变一些什么，可经过一番心有余而力不足的努力后，最终过上"穷则独善其身"的闲适生活。

第一阶段：只想赚钱把家养

白居易整个青年时代，一直活在没钱的焦虑中。

小时候，他的父亲官至徐州别驾，尚有能力照顾家人。

不过由于当时藩镇割据、战乱频繁，他们所在的河南道徐州一直是重灾区，为了保护家人，父亲将全家都送到了宿州的符离避难，当时白居易十一岁。白父远在外地做官，事务繁忙，难免照顾不到家人的生活，而白母带着白居易兄弟姐妹身在异乡省吃俭用，日子过得紧巴巴的。

不知出于什么原因，也许是战乱，也许是生活压力，曾经知书达理的白居易母亲患上了精神疾病，病情发作时甚至会拿着菜刀要砍人，对所有人都充满了攻击性，这也让白居易总是感到精神紧张，年少早熟。

二十岁出头的时候，父亲突然去世，哥哥白幼文又去了浮梁（今江西景德镇）当官，白居易不得不承担起照顾弟弟妹妹的责任。有时候实在生计困难，只能硬着头皮大老远跑去浮梁找大哥讨点生活费，可是大哥也只是个镇上的基层公务员，而且也有家庭要照顾，每次只能从牙缝里挤出一点俸禄和米粮，就匆匆打发了亲弟弟。

这段经历，白居易将之写在了《伤远行赋》中，其中提到“出郊野兮愁予，夫何道路之茫茫……虽则驱征车而遵归路，犹自流乡泪之浪浪”。回来的路上，白居易感到人生道路茫茫，光是为了一家人活着，就已经拼尽全力，不禁一路流泪不止。

此时，白居易没有什么远大的理想，就是希望可以凭借写诗的本领当官，改变家里的生计。为此，天资过人的他比任何人都刻苦勤奋。

在写给一生至交元稹的书信中，白居易提到自己苦学不息的岁月：

昼课赋，夜课书，间又课诗，不遑寝息矣。

以至于口舌成疮，手肘成胝。既壮而肤革不丰盈，未老而齿发早衰白；瞥然如飞蝇垂珠在眸子中者，动以万数，盖以苦学力文之所致……

——《与元九书》

说是那时候昼夜读书、写诗，废寝忘食，根本没有时间休息，甚至读到口舌生疮，手肘都磨出茧子，身体消瘦、形容憔悴、头发变白、牙齿掉落，眼睛看东西像是有无数飞蝇在眼前……

所以若是有人称呼白居易是“天才”，他肯定不高兴，哪有什么天才，他不过是把别人吃喝玩乐的时间都用在了苦学上。

由于家庭的重担在肩，白居易始终没法安心去参加科举。

尽管他十六岁就写出《赋得古原草送别》这样的千古名诗，惊艳了当时的诗坛大佬顾况，早已才名在外，可他第一次应进士试的时候，已经二十七岁了。

白居易来到长安，感慨京城不愧是京城，物价高，房租贵，他根本无心游赏长安，只是更加认真地备考，希望可以一举中第。

白居易的考运不错，果然一次就中了。据说那一年的录取比例格外低，大概每一百人才入选一个进士，更让白居易骄傲的是，他是那一年十七位进士中年纪最小的。他太高兴了，忍不住在慈恩寺的大雁塔下题诗：“慈恩塔下题名处，十七人中最少年。”

中了进士，不代表马上能当官，还要通过吏部的选官考试。两年后，唐德宗贞元十六年（800），白居易再次来到长安，参加吏部的选官考试，又是一次考过。

白居易兴奋了没多久，就发现还要等候三年才有当官的机会，无奈长叹一声，又离开长安回去照顾母亲了。

当时白母和白居易一起住在洛阳郊外，弟弟、妹妹住在白氏一族的聚集地下邽，哥哥还在浮梁，河南军阀作乱，导致粮道受阻，关内饥饿，日子越发苦不堪言。这些经历他都写在了《望月有感》中。

三年后，白居易终于有了第一份有编制的工作——秘书省校书郎。校书郎按现在的话说，类似于出版局的高级审核员，专门对图书馆的书籍进行校对修订，工作还算清闲，然而工资不高。

这让满心以为考取功名就能有钱养家买房的白居易很失望，他把失望也写进了诗里：

养无晨昏膳，隐无伏腊资。
遂求及亲禄，黾勉来京师。
薄俸未及亲，别家已经时。
冬积温席恋，春违采兰期。
夏至一阴生，稍稍夕漏迟。
块然抱愁者，长夜独先知。
悠悠乡关路，梦去身不随。
坐惜时节变，蝉鸣槐花枝。

——《思归（时初为校书郎）》

于是白居易开始想办法。一番打听之后，听说如果通过才识兼茂明于体用科的考试，一般就会直接被录用，顿时大为心动，潜心准备考试。

唐宪宗元和元年（806），白居易辞了校书郎的工作，再次参加官员选拔考试，又是一举中第，真乃考神。同科及第的还有他的挚友元稹，排第一名。让人叹服的是，白居易在准备公务员考试的期间，竟然还整理出了一套考试策略宝典，名为《策论》。随着他轻松考过之后，《策论》声名大噪，考生们之间人手一本细细研究。这事还传到了新登基的皇帝耳朵里，于是他对白居易有了深刻印象。时年二十八岁的唐宪宗李纯，年轻有抱负，他渴望实现唐室中兴，故而希望培养一批忠于自己的年轻官员。

他，看中了白居易。

这次安排给白居易的官职，是周至县的县尉，正合白居易心意。县尉这种小官，杜甫、王昌龄看不上，白居易却没有拒绝的底气。恰如他的名字——君子居易以俟命（出自《中庸》）。

奋发图强而又乐天知命的白居易，知道自己没有背景也没有任性的资本，只有扎扎实实做好本职工作，一步一个脚印前进，仅这一点就比太多恃才自傲、清高孤僻的才子要接地气、真实。

就在当县尉期间，白居易写出了名留千古的《长恨歌》，火到长安的老弱妇孺皆传诵，一跃成为诗坛巨星。

唐宪宗刚登基比较忙，看到《长恨歌》又想起了白居易，于是立刻将他调入朝中，让白居易从一个郊区县尉一下成为翰林学士，专门负责为皇帝起草诏书，担任机要秘书，可见对他的赏识与重用。

对于皇帝的赏识，白居易非常感恩，报以十二分的热情对待工作，做事有条不紊、兢兢业业，皇帝看在眼里很是满意。第二年，皇帝升白居易左拾遗，让他时常陪伴在左右谈论国事政策。又过了两年，白居易再次升官为京兆府户部参军，可谓春风得意马蹄疾。白居易终于告别了为生计发愁的艰苦岁月。

不过他还是买不起长安的房，白居易在长安住了十七年左右，前后搬家五次，直到五十岁做了忠州刺史，才终于凑够钱在长安买了房，可见京城的房价从古到今都是那么吓人。

第二阶段：踌躇满志后的心灰意冷

生活得到了改善，又得到皇帝的赏识，此时的白居易浑身充满干劲，真心想为国家、为皇帝贡献一份力量。于是他铆足了力气针砭时弊，直言进谏，把晚唐两大政治势力——宦官集团和地方藩镇节度使都得罪个遍，就是铁了心要为民请命。反映民生艰苦，朝廷弊病的讽喻诗，基本都出自这个阶段。

比如《卖炭翁》，指责朝廷宫市鱼肉百姓；比如《观刈麦》，哀叹民生艰难、贫富悬殊；比如《阴山道》，讽刺贪官污吏横行霸道。难道白居易不知道这样做会让自己成为众矢之的、孤立无援吗？他当然一清二楚，只是他要回报唐宪宗的知遇之恩，以一片拳拳赤子心指出种种弊端，希望可以得到皇帝的重视，让这个国家拔除隐藏的病根。

此时，白居易完全做到了《孟子》说的“穷则独善其身，达则兼济天下”。

他以为真心可以换来真心，然而，却只换来了疏远与冷漠。

《新唐书》《旧唐书》里都提到了，唐宪宗这一时期开始烦白居易了，每次白居易发言都是这里不对那里不好，合着自己执政就很无能呗！唐宪宗对身边人表示，白居易不识好歹，朕好心提拔，他却总是在群臣面前给朕难堪，朕堂堂一个皇帝不要面子的吗？朕管理的天下，就有那么不堪吗？

“没错，就是那么不堪。”白居易直言。

踌躇满志的白居易还没意识到皇帝对他心态的变化，危机已悄然来临。

他想当只萤火虫，以自身微光照亮日渐腐朽黑暗的王朝，殊不知庙堂之上朽木为官，魑魅魍魉、蛇鼠一窝。在一个早已习惯了阴暗的环境里，这只萤火虫虽然小，却很刺眼，招人讨厌，还叨扰了活在梦里的人。

元和六年（811），白居易的母亲坠井身亡，这件事引发了朝野议论。许多平时对白居易有私怨的人借机诬陷，说正常人怎么可能坠井身亡，白居易的嫌疑很大。

这事还扯到了白居易的初恋，一个叫湘灵的女子。湘灵比白居易小四岁，是白居易的邻居，两人从小青梅竹马，相恋许多年，一方面因为白居易年轻时穷困，一心考取功名，不敢结婚；另一方面因为白母不喜欢湘灵，以死相逼，坚决不让白居易娶她为妻。所以白居易迟迟给不了她名分，最终湘灵不得不远嫁他方，远离是非。

白居易为了这段初恋，一直到三十七岁都没结婚，估计也对人埋怨过母亲太狠心，不过他生性孝顺，怎么可能为此做出弑母的事！面对他人的诬陷，白居易心力交瘁，他怎么忍心告诉世人，母亲有精神病，常常失心疯发作，行为难测。好在有邻居出面做证，说明了白居易母亲的病情，这才让一场风波平息。

可这件事还是埋下了伏笔。

白居易在家丁忧三年后，刚一回到朝廷就听到了宰相武元衡被刺杀的消息。

元和十年（815）六月初，武元衡清早上朝路上遭人刺杀，被刺客割走头颅扬长而去；同一时间，武元衡的得力助手御史中丞裴度也遭暗杀，身受重伤。

武元衡是个铁血宰相，和白居易一样都是唐宪宗一手提拔重用的能臣，食君之禄，为君分忧，知道皇帝最担忧的是藩镇问题，对于削藩态度强硬、手段坚决，这才引发了刺杀案。

其实朝野之人都心知肚明，刺杀武元衡的幕后指使是嚣张跋扈的平卢节度使李师道，可是他们都怕了，甚至不敢提李师道的名字。

于是朝堂之上，出现了吊诡的情景：面对皇帝的悲痛震怒，满朝文武噤若寒蝉，个个顾左右而言他，无人仗义执言。

这个时候，白居易站出来了。

“为什么大家明明清楚幕后指使是谁，却无人敢说？”

“希望朝廷立即抓捕凶手，挖出幕后主谋，绝不姑息！”

于公于私，白居易对武元衡都十分欣赏敬重，两人常有诗作唱和，又都是铁杆保皇党，自然要站出来为其发声。

诡异的事情又发生了，白居易忽然遭到了众大臣群起而攻之，仿佛白居易才是那个幕后真凶。

他们从各个角度攻击白居易，有的说他逾越职责越俎代庖，有的说他激化形势、用心不良。更有阴毒的小人特意找出白居易丁忧守丧期间写的诗文，指出他母亲因赏花坠井而亡，白居易却写了《看花》《新井》这两首诗，何其不孝！

不孝的大帽子扣下来，群情激愤，大家纷纷发言，要求皇帝将这样人品低劣之人赶出朝廷，以儆效尤。早已对白居易心有不满的唐宪宗就这么冷冷地看着众人的发言，竟然下令将白居易贬为江州司马。

站在朝堂之上的白居易，忽然感到无比孤独。

白居易忽然懂了，他不禁笑自己真傻。

原来一直以来自己心目中的明君，也只是一厢情愿的想象而已。

世事如此讽刺，四十多年来，他一直那么努力地想做好儿子、好官、好男人，可是母亲逼他放弃心爱之人，皇帝对他弃如敝屣，爱了半辈子的女子又远走他乡。

这一刻，他心中某个坚硬的东西，出现了裂痕。

踌躇满志的岁月过去了，如今只剩心灰意冷。

此后贬谪江州的日子里，白居易渐渐变了。他开始明白，以他一人之力，根本无法对抗整个朝野上下的弊端，倒不如学那王维，寄情山水之间，亲近佛道参禅：

祸福茫茫不可期，大都早退似先知。
当君白首同归日，是我青山独往时。
顾索素琴应不暇，忆牵黄犬定难追。
麒麟作脯龙为醢，何似泥中曳尾龟。

——《九年十一月二十一日感事而作》

在江州的日子，白居易偶遇琵琶女，有感而发，写下《琵琶行》。“座中泣下谁最多？江州司马青衫湿。”

一直乐天知命的白居易，多年深埋心中的哀伤如紧绷的弦，终于断了，化为不绝的眼泪沾湿青衫。心中那个珍贵的东西，曾经纯粹的赤子之心，从此不再热血。

第三阶段：独善其身享受安乐

大隐住朝市，小隐入丘樊。
丘樊太冷落，朝市太嚣喧。
不如作中隐，隐在留司官。
似出复似处，非忙亦非闲。

——《中隐（节选）》

从此以后，热血青年白居易不见了，取而代之的是一个独善其身的老官僚。

他开始变得注重享受，或者美其名曰独善其身，诗歌的主题也逐渐变成游山玩水，沉迷日用享乐。他不再积极寻求改变时代，而是选择与这个世界和解。讽刺的是，“堕落”之后的白居易反而官运亨通。

当年那些攻击白居易的人看到白居易日渐变成了他们的同类，反而对他不再排挤抵触。

元和十五年（820），一度实现“元和中兴”的唐宪宗早已变得昏庸，一心追求长生不死而乱吃丹药，导致暴毙，时年四十二岁。

白居易阴阳怪气地写过一首诗，讽刺这些一心追求长生反而死得早的人：

退之服硫黄，一病讫不痊。

微之炼秋石，未老身溘然。

……

或疾或暴夭，悉不过中年。

唯予不服食，老命反迟延。

——《思旧（节选）》

虽然诗里面说的是韩愈（字退之）、元稹（字微之），却不难看出对唐宪宗之死的含沙射影。

心易变，如风吹芦苇。

想当初，白居易对唐宪宗满心忠诚感恩，上书表达“肝脑涂地以身相报”，如今只剩下若有似无的幸灾乐祸。

唐宪宗一死，白居易的日子就好过了。

新皇帝登基之后，立刻将白居易召回长安，升为朝散大夫，官居五品。此后白居易稳步高升，颇有政绩，官场顺风顺水，直至杭州刺史、苏州刺史，最终做到刑部尚书，官居二品。

五十岁以后的白居易，购豪宅，造别墅，锦衣玉食、山珍海味，妻妾成群、家伎围绕，诗作的主题也变成了饮酒享乐、风流韵事。一方面学佛参禅，拜访寺院；另一方面夜夜笙歌，沉迷酒色。

苏轼说白居易俗，指的主要是这个时期。

白居易的俗，也并没什么可以指责的，他上无愧于社稷百姓，下不薄待家人朋友，晚年有钱了享享福，也不是什么大问题。

每个人都有自身的时代局限性，白居易也无法免俗。他曾经有过赤子之心，心怀家国天下，想要为民请命，可是现实给他狠狠上了一课，让他知道自己的渺小无力，除了惹一身麻烦并不能改变什么。于是聪明的他选择了过闲适的生活，此后一帆风顺过得潇洒，这是处世哲学，没什么好说的。

从历任官职的政绩可以看出，他有能力，但此时却没有了方向。家人已经无须照顾，挚爱早已不知去向，天下苍生遥远空泛，忠君爱国只是口号。

当官，也不过是一份工作而已。

他曾自嘲要不是为了丰厚的俸禄，真的不想当官了。

曾经的他痛骂宦官当政，藩镇势力猖狂，民生凋敝，后来的他却睁一只眼闭一只眼，自扫门前雪。

一生至交元稹投靠宦官当了宰相，他笑嘻嘻地表示恭喜，两人结伴遨游，从此风花雪月，埋葬了曾经真挚的热血。

其实，以人品倒数第二无耻闻名大唐诗坛的元稹（第一是宋之问），曾经也是个不畏强权、仗义执言的热血青年，甚至不惜得罪军阀宦官也要秉笔直书，结果落了个穷困潦倒、险些丧命的结局。他与白居易何其相似，也难怪两人一生都是莫逆之交，志趣相投。

元稹死后，白居易常常感到忧伤，写诗怀念老友。有一年，他梦到两人回到了初相识的岁月，想起了那段以为早已遗忘的时光。

夜来携手梦同游，晨起盈巾泪莫收。
漳浦老身三度病，咸阳宿草八回秋。
君埋泉下泥销骨，我寄人间雪满头。
阿卫韩郎相次去，夜台茫昧得知不？

——《梦微之》

贞元十八年（802）冬，元白初相识，一见投缘，引为至交。二人经历相似，志趣相投，于是同吃同住，备考吏部选拔考试。

那年白居易三十岁，元稹二十三岁，正是风华正茂时。谈起朝政弊病同仇敌忾，痛斥宦官专政、藩镇作乱、朝廷朽木、百官贪腐自私，希望朝廷早日一改风气，万象更新。

“如果将来我们受到重用，必当仗义执言，秉笔直书，为众生请命！”

“文死谏，武死战。”

书生意气，挥斥方遒。

次年春，两人同登科，俱授校书郎。

两人发动新乐府运动，主张“文章合为时而著，歌诗合为事而作”，指点江山、激扬文字，热血在澎湃。

忆在贞元岁，初登典校司。
身名同日授，心事一言知。

——《代书诗一百韵寄微之（节选）》

晚年的白居易对一切都很知足，在《醉吟先生传》中表达了自己乐天安命的好心态，有钱有权儿孙满堂，无病无灾活得挺长，还有什么不满意的呢?

只是偶尔喝多，想起元稹的时候，年轻时酒后的豪情壮志，那些热血的声音总会一闪而过。

“奸佞小人为患朝野，唯有死谏是男儿！”

“不畏强权疾恶如仇，一定要跟他们斗到底！”

疏狂属年少，皆是醉中言。

够了够了，都过去了。白居易摇摇头，笑了笑自己。

俱往矣，可怜白发生。

眼看一个个有志青年熟门熟路地“堕落”了，许多个“白居易”加起来，便是由盛转衰的大唐困境……

图书在版编目（CIP）数据

一禅陪你读唐诗 / 一禅小和尚著 .— 北京 : 北京联合出版公司 , 2021.3

ISBN 978-7-5596-4978-2

Ⅰ . ①一… Ⅱ . ①一… Ⅲ . ①唐诗 – 青少年读物
Ⅳ . ① I222.742

中国版本图书馆 CIP 数据核字 (2021) 第 031022 号

一禅陪你读唐诗

作　　者：一禅小和尚
出 品 人：赵红仕
责任编辑：肖　桓

北京联合出版公司出版
（北京市西城区德外大街 83 号楼 9 层 100088）
天津丰富彩艺印刷有限公司印刷 新华书店经销
字数 150 千字 880 毫米 ×1230 毫米 1/32 11.5 印张
2021 年 3 月第 1 版 2021 年 3 月第 1 次印刷
ISBN 978-7-5596-4978-2
定价：56.00 元